Klarant Verlag

Susanne Ptak wurde 1964 in Düsseldorf geboren. 2003 zog sie mit ihrem Ehemann ins schöne Ostfriesland, wo sie vier Jahre lang eine kleine Schafskäserei betrieben haben. Die Autorin liebt Krimis, in denen sie ihre Leidenschaft für Schafe, Wolle, Ostfriesland und leckeres Essen mit einfließen lässt.

Susanne Ptak

Mord in Norden

Ostfrieslandkrimi

Klarant Verlag

Klarant Verlag, www.klarant.de – www.ostfrieslandkrimi.de
ISBN: 978-3-96586-303-3
1. Auflage 2021
Umschlagabbildung: Klarant Verlag

Printed in the EU.

Prolog

Bestens gelaunt machte sich Inske Tammen an die Arbeit. Wie jeden Morgen gratulierte sie sich selbst dazu, diesen großartigen Praktikumsplatz in der Seehundstation Norddeich ergattert zu haben. Obwohl sie nicht gerade ein Putzteufel war, machte ihr sogar das mehrfach tägliche Schrubben der Wasserbecken Spaß, dennoch war es natürlich die größte Freude, die kleinen Schützlinge mit Futter zu versorgen. Nicht nur, dass die Pflege der mutterlosen Heuler eine äußerst sinnvolle Aufgabe war, auch mit ihren Kollegen verstand sie sich großartig und so verging jeder Arbeitstag wie im Fluge.

An diesem Tag startete sie mit besonderem Elan, denn heute würde ihre Lieblingstante Theda sie hier in der Station besuchen. Inske vergötterte Theda, natürlich in erster Linie, weil die Tante ein herzensguter Mensch war, aber auch, weil sie erfolgreich Krimis schrieb und in den letzten Jahren bereits häufiger die Polizei bei der Aufklärung von Verbrechen unterstützt hatte. Stets hatte sie die spannendsten Geschichten zu erzählen. Zwar bekam Theda diese hautnahe Möglichkeit zur Recherche für ihre Krimis nur, weil Tante Thedas beste Freundin, die ehemalige Rechtsmedizinerin Doktor Josefine Brenner, häufig von der Kriminalpolizei um Mithilfe gebeten wurde, doch das sah Inske nicht so eng. Und außerdem mochte sie Josefine ebenso sehr wie Tante Theda. Darum freute sie sich umso mehr, dass die beiden Freundinnen gemeinsam hierherkommen würden.

»Inske, bist du so nett und kümmerst dich um die Pumpen?«, bat Tim Fetting, der Leiter der Tierpflege.

»Klar!«, rief Inske und machte sich sofort auf den Weg in den Teil der Station, den Besucher zwar im Allgemeinen nicht zu sehen bekamen, der aber dennoch ein wichtiger Bestandteil war. Da die Aufzuchtbecken sehr klein waren und oft von mehreren Heulern gleichzeitig bewohnt wurden, mussten sie regelmäßig gereinigt und das Wasser darin ausgetauscht werden. Was vorne in die kleinen Seehunde hineingefüttert wurde, kam naturgemäß auch irgendwann hinten wieder raus. Die Becken wurden mit Nordseewasser gefüllt und das verschmutzte Wasser hier vor Ort wieder gereinigt und anschließend zurück ins Meer gepumpt. Inske war stolz, dass Tim ihr nach erst wenigen Wochen diese verantwortungsvolle Aufgabe anvertraute.

»Nanu!« Inske stutzte, als sie plötzlich ein Smartphone vor sich auf dem Boden entdeckte. Rasch hob sie es auf. Das Display war kaputt. Bestimmt war es einem der Kollegen aus der Tasche gefallen. Sehr ärgerlich. Sie steckte es ein, um später herauszufinden, wem dieses Malheur passiert war, und bog um die Ecke, wo der von Gittern umgebene Schacht lag, durch den man über eine Leiter mit Handlauf zum Pumpenhaus gelangte. Die Gitter waren notwendig, denn der Schacht war mehrere Meter tief und ein Sturz hinein hätte schlimme Folgen haben können. Darum war sie sehr überrascht, das Törchen offen stehend vorzufinden.

Hatte Tim schon jemand anderen beauftragt und das vergessen?

Inske schaute hinunter und erstarrte. Dort unten lag jemand! Eine Blutlache hatte sich um den Kopf der Person herum auf dem Beton gebildet. Als sie erkannte, wer dort lag, löste sich ihre Erstarrung und sie schrie vor Entsetzen laut auf.

»Was ist los?« Tim Fetting und Auszubildende Johanna Römermann kamen herbeigelaufen, alarmiert durch Inskes Schrei.

Statt zu antworten, brach Inske in haltloses Schluchzen aus.

Johanna schaute gar nicht erst genauer hin, sondern lief sofort zu Inske und nahm sie tröstend in den Arm, während Tim, der die blonde Frau am Boden des Schachtes nun auch entdeckt hatte, in halsbrecherischem Tempo die Leiter hinabturnte, um Erste Hilfe zu leisten.

Doch sobald er unten war, erkannte er, dass hier jede Hilfe zu spät kam. Rasch zog er sein Handy aus der Jackentasche und wählte den Notruf.

Kapitel 1

»Hast du Toby im Auto gelassen?«, fragte Theda, als sie Josefine hereinließ. »Den kannst du nicht mit in die Seehundstation nehmen und bestimmt soll er nicht zwei Stunden oder länger im Kennel sitzen.«

»Ich habe ihn Brittas Obhut anvertraut«, antwortete Josefine und beugte sich hinunter, um Thedas Hunde zu begrüßen. »Auch wenn er sich mit deinen beiden Rackern gut versteht, bin ich mir nicht sicher, was die aushecken würden, ließen wir sie zu dritt allein. Und da ich ja gedenke, ein paar Tage hierzubleiben, werden wir vielleicht häufiger Dinge unternehmen, bei denen wir die Hunde nicht mitnehmen können.« Auch wenn Josefine jetzt in Ostfriesland lebte, für den Weg von Holtland nach Pilsum brauchte sie fünfundvierzig Minuten, bei schlechtem Wetter oder ungünstiger Verkehrslage sogar noch länger. Darum besuchten sich die Freundinnen gegenseitig gerne für einige Tage.

Theda grinste. »Daran hatte ich gar nicht gedacht. Ja, du hast recht. Das könnte durchaus schiefgehen. Und bei Britta ist er ja bestens aufgehoben. Trinken wir noch einen Kaffee, bevor wir nach Norddeich fahren?«

»Sehr gerne.«

Josefine folgte Theda in die Küche.

Auf halber Strecke wurden die Frauen von Polly und Fritzchen überholt, die vermutlich darauf hofften, dass in der Küche etwas Leckeres für sie abfallen könnte.

Theda hatte die beiden Hunde während der Ermittlungen im letzten Mordfall von einer Tierrettung adoptiert, und die ehemaligen rumänischen Straßenstreuner schienen ständig hungrig zu sein.

Josefine setzte sich an den Küchentisch, Theda schickte die Hunde auf ihre Decken und ging zur Anrichte, um die Kaffeekanne zu holen.

Gerade wollte Theda einschenken, da klingelte ihr Handy. »Oh, Inske«, sagte sie nach einem Blick auf das Display. »Ich hoffe, sie sagt nicht ab.« Sie nahm das Gespräch mit den Worten »Alles in Ordnung?« an.

Josefine, die die Freundin beobachtete, wurde schnell klar, dass offensichtlich nichts in Ordnung war, denn Thedas Gesichtsfarbe wurde immer blasser, ihre Augen dafür größer. »Wir fahren sofort los«, versicherte sie dann. »Lass dir vom Notarzt etwas zur Beruhigung geben. Du hörst dich an, als würdest du gleich umfallen.« Offenbar sagte Inske noch etwas, denn Theda hörte weiter zu und betonte dann: »Versprich mir das, ja?«

»Was ist passiert?«, fragte Josefine, sobald Theda das Gespräch beendet hatte.

»Eine Leiche! In der Seehundstation!«, stieß Theda hervor. »Inske hat sie gefunden!«

»Oh, verdammt!«, rief Josefine aus. »Ein Unfall?«

Theda zuckte mit den Schultern. »Sie sind sich nicht sicher. Die junge Frau könnte durchaus gestürzt sein, denn sie lag in einem recht tiefen Schacht, doch der Notarzt und die Polizisten, die herbeigerufen wurden, um einen Unfall aufzunehmen, hielten es für notwendig, die Kriminalpolizei zu benachrichtigen. Das Opfer ist Fenja Lammers, die Kollegin, die zeitgleich mit Inske ihr Praktikum in der Station angefangen hat. Wir müssen also sofort los. Inske ist völlig durch den Wind.«

Josefine war bereits aufgestanden. »Natürlich. Lass uns fahren. Wir nehmen deinen Wagen, aber ich setze mich ans Steuer. Du bist viel zu aufgeregt.«

Theda nickte und folgte Josefine in den Flur, wo sie Jacke und Handtasche nahm. Ihren Schlüsselbund drückte sie der Freundin sofort in die Hand.

»Was ist mit den Hunden? Sind die so weit versorgt?«, wollte Josefine wissen.

»Grietje Meier, meine Nachbarin, hat einen Schlüssel. Sie schaut zwischendurch nach den beiden und füttert sie heute Mittag.«

»Gut, dann los.«

Wenig später saßen sie in Thedas Elektroauto und fuhren Richtung Norddeich.

Es war Theda deutlich anzusehen, dass sie sich größte Sorgen um ihre Großnichte machte.

»Die Kriminalpolizei wird unter Umständen auch bei Unfällen hinzugezogen, falls der Unfallhergang nicht klar ersichtlich ist«, versuchte sie die Freundin zu beruhigen. »Es muss sich also nicht unbedingt um einen Mord handeln.«

Theda stieß ein sarkastisches Lachen aus. »Wir sind in der Nähe – glaubst du da an einen Unfall?«

Josefine sagte nichts darauf und konzentrierte sich auf die Straße.

Fünfunddreißig Minuten später standen sie am Eingang der Seehundstation, vor dem sich etliche Menschen versammelt hatten.

»Da kommen Sie nicht rein«, informierte sie ein Mann, der seine kleine Tochter an der Hand hielt. »Scheint etwas passiert zu sein und sie lassen wohl darum zurzeit keine Besucher rein. Wir warten nur noch, um zu erfahren, wann sie wieder öffnen.«

Josefine bedankte sich für die Information, trat aber dennoch dichter an die Glastür und spähte ins Innere. Doch niemand war zu sehen. »Die haben doch bestimmt einen Personaleingang«, flüsterte sie Theda zu, die ihr zur Tür gefolgt war.

»Sicher. Komm mit.« Theda ging voran, um das Gebäude herum. Hier standen auch die Einsatzfahrzeuge von Polizei und Rettungsdienst.

Während sie auf den Personaleingang zuliefen, kam ein weiteres Auto an und parkte neben dem Fahrzeug der Kriminaltechnik.

»Guck mal, wer da kommt«, sagte Josefine erfreut, als sie den Wagen erkannte.

Schon sprang Kriminalhauptkommissar Andreas Coordes heraus. »Josefine! Theda! Das gibt's doch nicht! Woher wisst ihr schon wieder davon? Hört ihr den Polizeifunk ab, oder was?«

Auch Kriminaloberkommissar Ralf Thoben war ausgestiegen und demonstrierte mittels Gesten seine Überraschung.

»Thedas Großnichte arbeitet hier. Sie fand die Leiche und hat natürlich sofort Theda angerufen«, erklärte Josefine, nachdem sie Andreas und Ralf mit Umarmung begrüßt hatte.

Ralf grinste schief. »Also, so natürlich finde ich das eigentlich nicht. Ich mag meine Tanten auch sehr, aber ich käme nie auf die Idee, eine von ihnen als Erstes anzurufen, fände ich eine Leiche.«

»Wenn du mit einer dieser Tanten am Leichenfundort verabredet gewesen wärst, dann doch vermutlich schon«, behauptete Theda.

»Aber was macht ihr hier?«, erkundigte sich Josefine nun. »Soweit ich weiß, verfügt Norden doch über einen eigenen Kriminalermittlungsdienst.«

Ralf nickte. »Stimmt schon. Aber die Kollegen wurden von einer Grippewelle heimgesucht und die paar, die noch einsatzfähig sind, sind völlig überlastet. Darum leisten wir Amtshilfe.«

»Wie auch immer.« Andreas Coordes wollte nun zur Tat schreiten und sich nicht mit Geplänkel aufhalten. »Immerhin ist es sehr praktisch, dass ihr hier seid. Bis Paul mit seinen Leuten eintrifft, wird es ja wohl noch eine Weile dauern. Vielleicht kannst du uns schon erste Erkenntnisse liefern, ob es sich tatsächlich um einen Unfall oder womöglich doch um Tod durch Fremdverschulden handelt.« Er hämmerte mit der Faust gegen die Metalltür, die kurz darauf geöffnet wurde.

Coordes hielt dem Mann seinen Dienstausweis entgegen. »Kriminalpolizei Aurich. Mein Name ist Coordes.« Er wies auf seine drei Begleiter. »Mein Kollege Thoben, Frau Doktor Brenner von der Rechtsmedizin und Frau Borchers, die Tante einer Ihrer Kolleginnen, die sich gerne um ihre Nichte kümmern möchte.«

»Moin, Tim Fetting. Ich leite die Tierpflege.« Er schaute Theda an. »Sie sind Inskes Tante, die heute eigentlich zu Besuch kommen wollte, richtig? Sie hat schon viel von Ihnen erzählt.«

Als Theda nickte, sagte er: »Folgen Sie mir bitte.«

Während der Tierpfleger die vier zum Fundort der Leiche brachte, erklärte er: »Ich habe die Kollegen in unseren Aufenthaltsraum geschickt, damit nicht so viele Leute im Weg stehen. Aber wir müssen in absehbarer Zeit unsere Arbeit fortsetzen. So schrecklich das ist – die Tiere müssen trotzdem versorgt werden. Die können schließlich nichts dafür.«

Coordes nickte. »Das bekommen wir schon hin.«

Der Bereich um den Fundort der Leiche war mit rot-weiß gestreiftem Flatterband abgesperrt worden. Zwei Kriminaltechniker in weißen Schutzanzügen untersuchten jeden Millimeter der Umgebung. Mehrere gelbe Tatort-Nummerntafeln markierten bereits Stellen, wo die Beamten Spuren gefunden hatten.

Josefine bemerkte große, dunkle Flecken auf den roten Pflastersteinen, die ebenfalls von den Beamten markiert worden waren und bei denen es sich vermutlich um Blut handelte.

»Oha«, machte sie, als sie in den Schacht hinunterschaute, auf dessen Boden die tote Fenja lag. Ein weiterer Kriminaltechniker war dort unten mit der Spurensicherung beschäftigt.

»Womit sich die Idee, dass du die Leiche schon mal begutachtest, erledigt hat«, sagte Andreas seufzend nach einem Blick auf die Leiter, die hinunterführte.

»Blödsinn! Das ist eine Leiter mit Geländer. Und der Kollege da unten kann mir auf dem letzten Stück eine helfende Hand reichen.« Dem Kriminaltechniker rief sie zu: »Kann ich die Leiche untersuchen?«

Der Mann schaute hinauf und nickte dann. »Moin Frau Doktor Brenner. Ich bin hier so weit fertig. Sie können runterkommen, wenn Sie sich das zutrauen.«

Kurzentschlossen drückte Josefine Theda ihre Riesenhandtasche in die Arme und streifte die Latexhandschuhe über, die Ralf ihr gereicht hatte.

»Was wird das denn?«, fragte ein grauhaariger Mann mit Bart, der hinzugekommen war, und warf Josefine einen skeptischen Blick zu.

»Das ist Frau Doktor Brenner, die Rechtsmedizinerin, Chef«, informierte Tim Fetting. »Die Herren sind von der Polizei und das ist Inskes Tante.«

Der von Tim mit Chef angesprochene Mann schüttelte nacheinander die Hände der Genannten. »Lienau. Ich bin hier der Geschäftsführer. Wenn ich Sie irgendwie unterstützen kann, lassen Sie es mich wissen.«

»Vielleicht kann jemand Theda zu ihrer Nichte bringen«, bat Josefine.

»Selbstverständlich. Kommen Sie, ich zeige Ihnen den Weg.«

Theda überreichte nun Andreas Josefines Handtasche und folgte Doktor Lienau.

»Okay, dann wollen wir mal.« Josefine und Ralf gingen zum Gittertor, wo Josefine rückwärts den Abstieg antrat. Auf den letzten Stufen war ihr der Kriminaltechniker behilflich und so kam sie wohlbehalten unten an.

»Ach, Herr Broers. In den Ganzkörperkondomen seht ihr alle gleich aus. Hab Sie von da oben gar nicht erkannt.«

Thorsten Broers, Leiter der Kriminaltechnik Aurich, grinste. »Immer wieder ein Schenkelklopfer, diese Bemerkungen zur Schutzkleidung.«

»Ist ja auch nicht der geeignete Zeitpunkt für wirklich gute Witze«, entgegnete Josefine trocken. »Können Sie schon irgendetwas sagen?«

»Die Leiche wurde noch nicht bewegt, und wie Sie ja selbst sehen, liegt sie auf dem Bauch«, antwortete Broers. »Selbst der Herr Fetting, der als Erster bei der Leiche war, erkannte sofort, dass hier nichts mehr zu machen war, und hat darum klugerweise nichts berührt. Zur Todesursache kann ich also noch nichts Hundertprozentiges sagen. Aufgrund des Blutes, das sich auf dem Boden im Bereich des Halses abgelagert hat, gehe ich aber davon aus, dass ihr oben eine schwerwiegende Verletzung an Kehle oder Halsschlagader beigebracht wurde. Das Blut, das wir oben fanden, haben Sie ja bestimmt selbst bemerkt. Dann stieß man sie hinab, oder sie stürzte selbst hinunter. Eine Tatwaffe wurde bisher nicht gefunden. Fotos sind im Kasten, Faserspuren sind genommen. Wir können die arme Frau also jetzt umdrehen.«

»Das wäre großartig. Sie gehen also von Fremdverschulden aus.«

Der Kriminaltechniker nickte.

Während Broers Fenjas Körper auf den Rücken drehte, warf Ralf dem Kriminaltechniker Josefines Tasche zu. Er wusste aus Erfahrung, dass sie stets eine halbe rechtsmedizinische Ausstattung mit sich herumschleppte und sie darum die Tasche brauchen würde.

Josefine benötigte nicht viel Zeit für diese erste Untersuchung. Nach ein paar Minuten schaute sie zu den Kommissaren hinauf. »Sieht nach einer ziemlich eindeutigen Todesursache aus. Dem armen Mädchen wurde die Halsschlagader durchtrennt und sie starb vermutlich am Blutverlust. Dem Fortschritt der Leichenstarre nach zu urteilen, trat der Tod zwischen einundzwanzig Uhr und Mitternacht ein. Und wie Herr Broers schon annahm, gehe auch ich davon aus, dass die junge Frau ermordet wurde.«

Kapitel 2

Fast alle Mitarbeiter der Seehundstation hatten sich im Aufenthaltsraum versammelt. Einige weinten, andere tuschelten aufgeregt, als Theda den Raum betrat.

Inske sprang auf, sobald sie die Tante bemerkte, und fiel ihr um den Hals. »Es ist so furchtbar!«, stieß sie hervor. »Ist sie da runtergestürzt?«

»Ich weiß es noch nicht, Liebes. Doktor Lienau war so nett, mich direkt zu dir zu bringen. Bestimmt werden wir bald mehr erfahren. Josefine untersucht die Lei… eure Kollegin jetzt gerade.«

»Oh, mein Gott!«, rief Inske plötzlich aus und befreite sich aus Thedas Umarmung. »Das habe ich ja völlig vergessen! Ich fand ein kaputtes Handy auf dem Boden, kurz bevor ich …« Sie zog das Smartphone aus ihrer Tasche und hielt es den Kollegen hin, die um den langen Tisch herumsaßen oder standen. »Gehört das einem von euch?«

»Ich glaube, das gehört Fenja«, sagte Clannaid Drumm, die in der Seehundstation Bundesfreiwilligendienst leistete, mit belegter Stimme.

Inske schaute Theda angstvoll an. »Ich hatte es mitgenommen, weil ich die anderen danach fragen wollte! Dabei hast du mir doch immer gesagt, dass man an einem Tatort nichts berühren, geschweige denn etwas von dort mitnehmen darf!«

»Du hast doch da noch gar nicht gewusst, dass du dich an einem eventuellen Tatort befindest. Trotzdem sollten wir das natürlich den Kommissaren sagen. Bist du in der Lage, mit mir nach unten zu gehen?«

Inske nickte.

»Gut, dann komm. Du kannst Ralf und Andreas auch gleich zeigen, wo genau du das Handy gefunden hast.«

Inske, die sich nach inzwischen mehreren Wochen hier bestens in der Station auskannte, ging voraus und führte Theda zurück zu den Kommissaren.

Inzwischen waren auch die Rechtsmediziner aus Oldenburg eingetroffen und Josefine unterhielt sich gerade angeregt mit Doktor Paul Lessing, dem Leiter des Instituts.

Theda signalisierte Andreas Coordes, zu ihr zu kommen, denn sie wollte den abgesperrten Bereich nicht betreten.

»Deine Nichte, nehme ich an«, sagte der Kommissar, während er über das Flatterband stieg.

»Großnichte«, korrigierte Theda. »Inske Tammen ist ihr Name und sie hat dir etwas zu sagen.«

»Moin Frau Tammen«, begrüßte Coordes die junge Frau. »Ich bin Andreas Coordes von der Kriminalpolizei Aurich.«

Inske nickte. »Moin Herr Coordes. Tante Theda hat mir schon viel von Ihnen erzählt. Nennen Sie mich doch bitte Inske.« Sie hielt dem Kommissar das Smartphone entgegen. Ihre Hand zitterte dabei so sehr, dass er das Gerät schnell an sich nahm, bevor es erneut zu Boden fiel.

»Ich habe es da vorn auf dem Boden gefunden.« Inske wies mit der Hand auf die Stelle, wo die Tatort-Nummerntafel 5 etwas markierte.

Andreas betrachtete das zersplitterte Display. »Ah, daher der Glassplitter, den die Kollegen fanden.«

»Ich konnte ja nicht wissen, dass es womöglich Fenja gehört. Ich dachte, jemand hätte es verloren, und habe es an mich genommen. Natürlich ohne Handschuhe. Bestimmt habe ich jetzt alle Fingerabdrücke vernichtet.«

Coordes lächelte beruhigend. »Keiner macht Ihnen einen Vorwurf, Inske. Vermutlich waren ohnehin nur Fenja Lammers' Abdrücke darauf, wenn es wirklich ihr Telefon ist. Also alles in Ordnung.«

Josefine und Paul Lessing kamen zu den dreien herüber.

»Moin Theda«, grüßte Paul und schaute Inske an. »Sie sind Thedas Großnichte?«

Inske schüttelte die Hand des Rechtsmediziners und nickte. »Inske Tammen.«

Paul hob das Flatterband an, damit Josefine darunter her schlüpfen konnte.

Auch Ralf verließ den abgesperrten Bereich und ging zu Tim Fetting, der in respektvollem Abstand darauf wartete, dass ihm die Polizisten die Genehmigung erteilten, weiterzuarbeiten.

Im Hintergrund machten sich Lessings Mitarbeiter bereit, die Leiche zu bergen, um sie zur weiteren Untersuchung ins Institut nach Oldenburg zu bringen.

»Sobald der Leichnam Ihrer Kollegin geborgen wurde, nehmen meine Kollegen das Absperrband weg und Sie können Ihren Tagesablauf fortsetzen«, informierte Ralf den Tierpfleger.

Fetting bedankte sich und wollte schon los, um die anderen zu informieren, doch Ralf hielt ihn auf. »Wir müssen mit jedem Einzelnen von Ihnen sprechen. Gibt es hier eine Räumlichkeit, die wir dafür nutzen können?«

»Sie vermuten Fenjas Mörder doch hoffentlich nicht unter uns?«, erkundigte sich der Tierpfleger argwöhnisch. »Für meine Leute lege ich die Hand ins Feuer. Von denen ist keiner ein Mörder.«

»Nun, Sie müssen zugeben, das hier sieht auf den ersten Blick aus wie Fort Knox.« Ralf Thoben machte eine ausschweifende Geste zum Zaun hin, der die Station an dieser Seite vor unbefugtem Betreten schützte. »Der Gedanke, dass der Täter nicht von außerhalb kam, liegt da schon nahe, denken Sie nicht? Grundsätzlich ist eine solche Befragung aber schlicht und ergreifend Routine, die uns dabei hilft, dem Täter auf die Spur zu kommen.«

Tim Fetting nickte, wies aber auf eine Leiter, die im abgesperrten Bereich an besagtem Zaun lehnte. »Die hat da eigentlich nichts zu suchen und steht normalerweise auch nicht dort. Wie jemand hereingekommen sein könnte, weiß ich nicht, aber so konnte er auf jeden Fall wieder raus. Aber ich verstehe schon, dass Sie mit uns sprechen müssen. Vielleicht hat ja auch jemand etwas Auffälliges bemerkt. Kommen Sie mit. Ich zeige Ihnen, wo Sie Ihre Befragungen durchführen können.«

Ralf machte sich eine Notiz bezüglich der Leiter und folgte dem Tierpfleger.

Paul Lessing verabschiedete sich mit dem Versprechen, sich schnellstmöglich zu melden, sollte er weitere Erkenntnisse erlangen.

Andreas, der mitbekommen hatte, wie Ralf mit Tim Fetting sprach, wandte sich an Josefine: »Wo du doch schon hier bist – würdest du uns bei den Vernehmungen unterstützen? Du weißt, wie sehr ich deine Beobachtungsgabe schätze.«

»Ich bin aber mit Theda hier«, wich Josefine aus.

»Und mit meinem Auto«, ergänzte Theda und schaute Andreas an. »Wenn das für dich okay ist, dann fahre ich jetzt mit Inske zu mir und ihr bringt Josefine später nach Pilsum.«

»So machen wir das«, stimmte Andreas erfreut zu.

»Aber … aber …«, protestierte Inske. »Ich hab doch noch zu tun! Und außerdem bin ich mit dem Fahrrad hier!«

»Du bist völlig durch den Wind«, widersprach Theda. »Dein Chef scheint mir ein sehr netter Mensch zu sein. Er wird dir für heute freigeben. Das Fahrrad steht doch bestimmt gut und sicher. Ich fahre dich dann wieder hierher, wenn es dir besser geht.«

Da das Fahrrad offensichtlich kein Argument für Theda war, versuchte Inske eine andere Strategie: »Die anderen sind auch durch den Wind.«

»Die haben aber keine Leiche gefunden, das arme tote Mädchen vermutlich nicht einmal gesehen.« Theda war nicht bereit, weiter darüber zu diskutieren, und marschierte darum ohne weiteres Wort ins Gebäude hinein.

Inske wusste aus neunzehnjähriger Erfahrung, dass Theda jeden weiteren Einwand einfach ignorieren würde. Darum gab sie auf, seufzte tief und folgte der Tante.

Auch Josefine und Andreas schlossen sich an.

»Wo können sie hingegangen sein?« Theda schaute sich suchend um.

»Wahrscheinlich in den kleinen Seminarraum«, vermutete Inske und übernahm wieder die Führung.

Tatsächlich trafen sie dort auf Ralf Thoben, Tim Fetting und Doktor Lienau.

Ralf bedankte sich gerade beim Leiter der Station für die unkomplizierte Unterstützung. »Dieser Raum eignet sich bestens für unsere Zwecke«, rief er Andreas Coordes entgegen.

Theda, die immer schon der Meinung war, dass man seine Anliegen am besten an höchster Stelle vortragen sollte, teilte Lienau und Fetting kurzerhand mit, dass sie Praktikantin Inske nun mitnehmen würde und, sollte sie sich bis morgen vom Schock erholt haben, Inske pünktlich zum Dienst erscheinen würde. Andernfalls würden sie benachrichtigt werden. An Josefine und die Kommissare gewandt, sagte sie: »Wir sehen uns dann später bei mir. Dann könnt ihr Inske befragen, vorausgesetzt, es geht ihr besser.«

Inske verdrehte die Augen. »Tante Theda! Mir geht es gut!«

»Unsinn. Wart's ab, wenn wir zu Hause sind, wirst du mir noch dankbar sein.«

Inske zuckte die Schultern, bedankte sich bei den beiden Männern und ging mit Theda davon.

Die Zurückbleibenden hörten noch, wie die Nichte der Tante erklärte, dass sie sich wenigstens noch umziehen müsse und nicht mit der Arbeitskleidung auf die Straße könne.

»Recht resolut, die Dame«, stellte Peter Lienau fest.

Tim Fetting grinste. »Und nun wissen wir auch, woher Inske das hat.«

Kapitel 3

»Es wäre großartig, wenn wir eine Liste der Mitarbeiter bekommen könnten«, wandte sich Andreas Coordes an Peter Lienau. »Und wir benötigen die Adresse von Frau Lammers.«

Der Geschäftsführer nickte. »Ich schicke Ihnen gleich jemanden aus der Verwaltung. Der bringt Ihnen das Gewünschte. Kann ich sonst noch etwas tun?«

»Wenn Sie Ihre Mitarbeiter schon einmal darauf vorbereiten würden, dass wir mit ihnen sprechen wollen, wäre das wahrscheinlich hilfreich. Ansonsten – können Sie uns schon etwas über Fenja Lammers sagen?«

»Da sprechen Sie tatsächlich am besten mit den Tierpflegern. Bestimmt kannten die Kollegen, mit denen sie jeden Tag zusammenarbeitete, sie bereits besser als ich. Im Übrigen hatte ich gestern etliche Termine außer Haus und war gar nicht hier.«

»Von uns aus können Sie jetzt auch die Türen für das Publikum wieder öffnen«, verkündete Andreas nun.

Doch Peter Lienau schüttelte den Kopf. »Nicht heute«, sagte er und ging.

Der Hauptkommissar schaute sich um, nachdem Lienau gegangen war. »Wo ist denn der Herr Fetting hin? Mit dem hätten wir doch schon mal anfangen können.«

»Er ist zurück an die Arbeit. Die sind ja jetzt ganz schön im Verzug. Dem Lärm, den sie machten, nach zu urteilen, müssen die Seehunde gleich schon wieder gefüttert werden«, antwortete Ralph.

»Na ja, gehen wir rein, setzen uns schon mal hin und hoffen darauf, dass bald jemand von der Verwaltung kommt und uns die Liste bringt. Den können wir dann ja losschicken, um uns die Mitarbeiter hierher zu bringen.«

Sie mussten sich nicht lange gedulden, bis ein Mann eintrat, sich als Walter Schumann vorstellte und Andreas Coordes einen Ausdruck überreichte.

»Das ging fix, vielen Dank«, sagte Andreas. »Und wo Sie gerade hier sind – können Sie uns etwas über Fenja Lammers erzählen?«

»Ganz furchtbar, was dem armen Mädchen zugestoßen ist.« Schumann wirkte ehrlich betroffen. »Aber sie war ja noch nicht lange bei uns. Auf mich wirkte sie sehr verschlossen. Von daher …«

Andreas nickte, da er mit einer Antwort in dieser Art gerechnet hatte. Vermutlich hatte Fenja mit den Kollegen aus der Verwaltung weniger Kontakt gehabt als mit den Tierpflegern. »Wären Sie so freundlich, uns Mitarbeiter hierher zu schicken, die derzeit für die Arbeit entbehrlich sind?«

»Na, entbehrlich ist da niemand, glauben Sie mir. Aber ich werde sehen, was ich für Sie tun kann.«

»Interessant wären auch die Mitarbeiter, die an der Kasse arbeiten beziehungsweise direkt mit den Besuchern zu tun haben«, ergriff nun Josefine das Wort. »Vielleicht hat jemand einen Besucher bemerkt, der sich auffällig verhalten hat«, fügte sie auf Andreas' fragenden Blick erklärend hinzu.

Walter Schumann nickte verstehend und verließ dann den Raum.

»Und? Glaubt ihr, es war jemand von den Mitarbeitern hier?«, fragte Andreas.

»Mmmh …«, machte Ralf. »Das sind Menschen, die sich den Hintern aufreißen, um die kleinen Viecher am Leben zu halten und aufzupäppeln. Für gewöhnlich sind solche Leute ja eher nicht in mörderischer Absicht unterwegs. Übrigens hatte mich Fetting auf eine Leiter, die am Zaun stand, aufmerksam gemacht. Er sagte, die stünde dort sonst nie und könnte zur Flucht benutzt worden sein.«

»Die Leiter könnte aber auch als Ablenkungsmanöver dort platziert worden sein. Und auch unter hilfsbereiten und tierlieben Menschen gibt es Gefühle wie Hass, Neid und Eifersucht, die, wie wir alle wissen, oft genug dafür verantwortlich sind, menschliche Abgründe zutage zu fördern«, gab Josefine zu bedenken.

Andreas grinste. »Das hast du jetzt aber schön formuliert.« Er wurde wieder ernst. »Trotzdem mag ich nicht so recht an einen Täter aus diesen Reihen glauben. Fenja Lammers war doch erst wenige Wochen hier. Es ist doch eher selten, dass man einen Menschen kennenlernt, ihn nicht so nett findet und darum gleich umbringt.«

»Aber vielleicht war sie ja mit einem Kollegen oder einer Kollegin schon länger bekannt.« Ralf schien seine Theorie bezüglich tierliebender Menschen in Zusammenhang mit Mord noch einmal überdacht zu haben.

»Um das herauszufinden, sind wir ja schließlich hier.« Andreas wandte sich der offen stehenden Tür zu, wo eine dunkelhaarige junge Frau etwas zaghaft an den Rahmen geklopft hatte.

Andreas schenkte ihr ein aufmunterndes Lächeln. »Immer frisch herein. Wir sind nicht gefährlich und haben nur ein paar Fragen. Kommen Sie und setzen Sie sich zu uns, Frau …«

»Schaller, Jaqueline Schaller.« Sie kam herein und setzte sich den Kommissaren und Josefine gegenüber an den Tisch.

Andreas hakte den Namen auf der Liste ab. Dann schaute er Jaqueline an. »Sie sind Tierpflegerin hier?«

Die junge Frau nickte.

»Waren Sie mit Fenja Lammers befreundet?«

»Ähm … nein, befreundet nicht. Wir waren eben Kollegen.«

»Wie war Frau Lammers denn so?«

Jaqueline zuckte mit den Schultern. »Sie war fleißig und hat schnell gelernt, wie hier was zu tun ist.«

»Sie werden sich aber doch bestimmt auch mal mit ihr unterhalten haben«, vermutete Ralf.

»Sicher. Aber es ging eigentlich immer nur um die Station. Überhaupt hat sie nie viel geredet. Über Privates schon gar nicht. Sie sollten mit Inske sprechen. Ich glaube, ihr hat Fenja mehr erzählt.«

»Wann haben Sie Frau Lammers gestern zum letzten Mal gesehen?«

Die junge Frau dachte kurz nach, dann antwortete sie: »Irgendwann bei der letzten Fütterung. Und jetzt, wo Sie es erwähnen, ist das schon komisch. Eigentlich sitzen wir nach der Arbeit immer noch eine Weile zusammen. Aber Fenja war nicht dabei.«

»Um welche Uhrzeit haben Sie das Gelände verlassen?«, wollte nun Ralf wissen.

»Ich hab nicht auf die Uhr geschaut, aber ich denke, es muss so gegen zweiundzwanzig Uhr gewesen sein.« Sie schaute den Kommissar entsetzt an. »Bin ich da schon an Fenjas Leiche vorbeigelaufen?«

»Das können wir zurzeit noch nicht hundertprozentig sagen«, beschwichtigte Josefine. »Und selbst wenn – woher hätten Sie wissen sollen, dass dort unten jemand liegt? Aber aufgefallen ist Ihnen nichts? Kein Geräusch oder eine Bewegung in der Dunkelheit?«

Die junge Frau verneinte.

Andreas bedankte sich bei Jaqueline Schaller und überreichte ihr eine Visitenkarte. »Sollte Ihnen noch etwas einfallen, von dem Sie glauben, es könnte wichtig für uns sein – zögern Sie nicht, uns anzurufen. Und seien Sie bitte so nett und schicken uns den nächsten Kollegen.«

»Irgendwie scheint niemand mehr über das Opfer zu wissen«, stellte Josefine fest, nachdem die Tierpflegerin gegangen war.

»Wir haben ja erst mit wenigen Leuten gesprochen.« Ralf schien noch recht optimistisch zu sein. »Warten wir es erst einmal ab.«

Andreas' Miene war jedoch zu entnehmen, dass er Josefines Pessimismus teilte. Allem Anschein nach hatte die Ermordete nicht so recht in diese Gemeinschaft hier hineingepasst.

Beate Konken und Caroline Schittenhelm, beide verantwortlich für Kasse und Information, kamen zusammen in den Seminarraum.

»Ich hoffe, das ist für Sie in Ordnung, dass wir zusammen kommen«, sagte Caroline Schittenhelm. »Wir waren gestern beide hier und womöglich fällt ja der einen etwas ein, was die andere vergessen oder nicht bemerkt hat.«

»Das ist in Ordnung.« Andreas bot den beiden Damen mit einer Geste Platz an. »Als Erstes die Frage: Können Sie uns etwas über Fenja Lammers erzählen, also außer dass sie fleißig und recht verschlossen war?«

»Nein, nicht wirklich«, antwortete Beate Konken. »Tatsächlich war sie sehr verschlossen. Freundlich, keine Frage, aber sie beschränkte sich im Grunde auf ein ›Moin‹, wenn man sich über den Weg lief.«

»Ist Ihnen denn gestern jemand unter den Besuchern aufgefallen? Jemand, der sich irgendwie anders als üblich, vielleicht sogar auffällig verhalten hat?«

Caroline Schittenhelm lachte kurz auf. »Also, es gibt jetzt kein Muster, nach dem sich der Durchschnittsbesucher verhalten würde. Denken Sie an irgendetwas Bestimmtes?«

»Vielleicht jemand, der sich an der Ausstellung eher uninteressiert zeigte«, ergriff Ralf Thoben das Wort. »Der oder die den Eindruck erweckte, eher die Räumlichkeiten zu erkunden.«

Beate Konken schaute den Oberkommissar nachdenklich an. »Also, da war schon was. Ich weiß aber nicht, ob das etwas zu bedeuten hat. Ein Mann und eine Frau waren irgendwie in den Personalbereich gelangt. Aber die hatten sich wohl nur verlaufen. Vielleicht hatte jemand vergessen, eine Tür zu schließen, und sie sind dann da durch. Sie ließen sich aber ohne Probleme wieder in den Besucherbereich zurückbitten und machten Witze über ihren nicht vorhandenen Orientierungssinn.«

»Wäre es möglich, dass Fenja Lammers sie dorthin gelassen hätte?«

Beide Frauen zuckten unisono die Schultern.

»Möglich wäre es schon«, antwortete Caroline Schittenhelm. »Aber diese Frage wird wohl unbeantwortet bleiben.«

Auch hier überreichte Andreas Visitenkarten mit der Aufforderung, sich zu melden, sollte man sich später noch an etwas erinnern.

Nachdem auch die beiden Auszubildenden Kerstin Röwekamp und Johanna Römermann nicht viel mehr über Fenja Lammers zu sagen wussten als die zuvor Befragten, schaute Andreas auf die Uhr. »Ich denke, das hier führt zu nichts. Wir sollten lieber die Angehörigen von Frau Lammers benachrichtigen. Mit Sicherheit können die uns auch mehr über deren Privatleben berichten.« Er steckte seine Notizen ein und wollte gerade aufstehen, da stand die nächste Mitarbeiterin im Türrahmen.

»Moin, Ramona Fetting«, stellte sie sich vor.

»Fetting?«, hakte Andreas nach. »Verwandt oder verschwägert mit Tim Fetting?«

»Verheiratet«, antwortete Ramona mit einem Lächeln und nahm Platz. »Ich weiß nicht, ob es schon jemand erwähnt hat …«, begann sie sogleich, »… aber ich kann Ihnen sagen, warum Fenja so still und zurückhaltend war.«

»Ach ja?«, entfuhr es Ralf, der hoffte, dass sein Optimismus nun belohnt werden würde.

»Sie hat erst vor kurzer Zeit ihre Eltern durch einen Unfall verloren. Ich denke, sie litt noch sehr darunter.«

»Hat sie sich Ihnen denn noch weiter anvertraut?«, wollte Josefine wissen.

»Nein. Das hat sie mir auch nur gesagt, als ich sie, kurz nachdem sie hier angefangen hatte, weinend in einer Ecke fand. Da waren ihr wohl die Nerven ein wenig durchgegangen und sie erzählte mir davon.«

»Sie wissen also auch nichts weiter über Fenja Lammers' Privatleben?«

»Sie hatte wohl einen Freund. Dazu müssten Sie unsere BFDlerinnen befragen. Jessica erzählte mal, dass sie Fenja mit ihrem Freund getroffen haben und es wohl nicht besonders harmonisch zwischen den beiden zuging. Und vielleicht weiß auch Inske mehr darüber.«

»BFDlerinnen?« Ralf schaute Ramona fragend an.

»Bundesfreiwilligendienstlerinnen«, formulierte die junge Frau aus.

»Wären Sie so nett und würden die Damen zu uns bitten?«, fragte Andreas.

»Natürlich.« Ramona Fetting nahm die Visitenkarte entgegen. »Und ich melde mich bei Ihnen, sollte mir noch etwas einfallen.«

Ida Arends, Jessica Sieben und Katharina Grupp fühlten sich sichtlich unwohl, als sie den Kommissaren und Josefine gegenüber Platz genommen hatten.

»Keine Sorge, das hier ist keine Prüfung und wir verteilen auch keine Zensuren«, versuchte Josefine, die angespannte Situation etwas aufzulockern, und tatsächlich rang sich Jessica Sieben ein Lächeln ab. Erfahrungsgemäß fühlten sich die meisten Menschen unter Druck, wenn sie von der Polizei befragt wurden, was offensichtlich auch nicht besser wurde, fand diese Befragung in gewohnter Umgebung statt.

»Ihre Kollegin sagte uns, Sie hätten Fenja Lammers' Freund kennengelernt«, begann diesmal Ralf. »Und es hatte Streit zwischen den beiden gegeben?«

»Kennengelernt wäre zu viel gesagt«, wiegelte Ida Arends ab. »Wir haben die beiden mal getroffen, als wir zusammen unterwegs waren. Und ob es ein richtiger Streit war …?« Sie warf einen hilfesuchenden Blick zu Katharina Grupp.

»Na ja, ich würde das schon als Streit bezeichnen. Immerhin hat er sie ziemlich angefahren, als sie ihn uns vorstellen wollte.«

»Und sie recht unsanft weitergezogen«, ergänzte Jessica Sieben. »Wir konnten ihn noch eine ganze Weile schimpfen hören.«

»Aber der Mann war Ihnen nicht bekannt?«, hakte Andreas nach.

»Ich hatte ihn vorher schon mal irgendwo gesehen«, sagte Ida. »Aber ich kann mich beim besten Willen nicht erinnern, wo das war.«

»Hatte Frau Lammers denn einen Namen genannt?«, erkundigte sich Ralf.

»Fabian«, antwortete Katharina. »Weiter ist sie nicht gekommen, denn er hat sie sofort angefahren.«

»Hatte es für Sie den Anschein, als wollte der Mann verhindern, dass sein voller Name genannt wurde?« Josefine schaute die jungen Frauen eine nach der anderen an und alle drei nickten.

Kapitel 4

Nachdem Andreas Doktor Lienau darüber informiert hatte, dass es im Zuge der Ermittlungen erforderlich sein könnte, die Mitarbeiter nochmals zu befragen, verließen er, Josefine und Ralf die Seehundstation, um zu der Adresse zu fahren, die Fenja Lammers in ihren Personalunterlagen als Wohnsitz angegeben hatte.

»Sie kam nicht aus ärmlichen Verhältnissen, wie es scheint«, vermutete Ralf, als sie vor einem imposanten, wunderschön renovierten Gulfhof aus dem Auto stiegen.

Ein auf Hochglanz poliertes Messingschild am rechten der beiden gemauerten Pfosten des Vorgartentörchens informierte darüber, dass hier Dr. jur. Wilko Lammers wohnte beziehungsweise, bestätigte sich die Aussage Ramona Fettings über den Unfalltod der Eheleute Lammers, gewohnt hatte.

»Und das arme Mädchen hat in letzter Zeit ganz allein in diesem riesigen Kasten gelebt?«, fragte Josefine betroffen. »Sie war doch erst neunzehn Jahre alt, fast noch ein Kind.«

»Das werden wir herausfinden.« Andreas marschierte auf die Haustür zu. »Womöglich gibt es Verwandte, die sich um sie kümmerten. Wirklich ärgerlich, dass Frau Lammers ihren Kollegen gegenüber so verschwiegen war.« Er drückte auf die Türklingel.

Im Haus rührte sich jedoch nichts und auch nach mehrmaligem Klingeln wurde die Tür nicht geöffnet.

»Ich rufe jetzt Heike an«, beschloss Andreas. »Sie soll schon mal mit der Hintergrundrecherche zu Fenja Lammers und ihrer Familie anfangen und einen Beschluss für die Durchsuchung dieses Hauses erwirken, damit wir die Spurensicherung hierherschicken können. Und dann fahren wir zu Theda und sprechen mit Inske.«

Während Andreas telefonierte, fragte Ralf Josefine: »Und? Ist dir schon irgendetwas Hilfreiches bei den Stationsmitarbeitern aufgefallen?«

Josefine schüttelte den Kopf. »Auf mich machten sie alle einen offenen und ehrlichen Eindruck. Ich hatte zu keiner Zeit das Gefühl, irgendeiner würde etwas vor uns zurückhalten. Die eine oder andere Unsicherheit war wohl mehr dem Umstand geschuldet, zum ersten Mal mit der Polizei zu tun zu haben. Noch dazu in einem Mordfall, dessen Opfer eine Kollegin war. So etwas ist auch für mich schwer zu beurteilen, selbst wenn Andreas immer glaubt, ich könnte hellsehen.«

Ralf grinste, dann seufzte er. »Sehe ich auch so. Allerdings haben wir schon oft erlebt, dass es äußerst talentierte Laiendarsteller gibt, denen es gelingt, uns mächtig hinters Licht zu führen.«

»Lasst uns fahren.« Coordes hatte sein Telefonat beendet, steckte das Handy ein und alle drei stiegen ins Auto.

»Wie geht es Inske?«, erkundigte sich Josefine, sobald Theda die Haustür geöffnet hatte.

»Viel besser, als es ihr gehen sollte«, antwortete Theda besorgt. »Bestimmt bricht das alles später noch aus ihr heraus.«

»Nun, manche Menschen können aber auch einfach nur gut mit einer solchen Extremsituation umgehen«, gab Josefine zu bedenken.

»Wie auch immer. Kommt rein. Ihr wollt ja bestimmt jetzt mit Inske sprechen.«

Josefine ging voraus ins Wohnzimmer, während Ralf und Andreas noch die Hunde begrüßten.

Inske saß auf dem Sofa und tippte auf ihrem Smartphone herum. Sie schaute von dem Gerät auf, als Josefine eintrat, und lächelte ihr entgegen.

»Alles so weit in Ordnung?«, erkundigte sich die ehemalige Rechtsmedizinerin.

Inske verdrehte die Augen. »Tante Theda macht viel zu viel Aufhebens. Es geht mir gut und ich wäre viel lieber bei den Heulern, als hier herumzusitzen und mich bemuttern zu lassen. Jetzt will sie auch noch, dass ich ein paar Tage hierbleibe.«

Josefine grinste. »Das dachte ich mir schon.«

»Du weißt, ich liebe Tante Theda, aber ich will zurück in meine eigene Wohnung und auch wieder zur Arbeit.«

»Das bekommen wir hin. Ich habe da auch schon eine Idee. Ich muss nur mal kurz telefonieren. Sag mal, wo genau in Norddeich wohnst du denn?«

Inske nannte die Adresse und unter ihrem fragenden Blick verließ Josefine den Raum wieder und ging in Thedas Büro, um den Anruf ungestört tätigen zu können.

Als sie zurück ins Wohnzimmer kam, hatten sich dort auch die Kommissare eingefunden und Theda Tee und Plätzchen serviert.

»Fühlen Sie sich in der Lage, uns ein paar Fragen zu beantworten?«, erkundigte sich Andreas gerade.

Inske nickte und Josefine nahm in einem Sessel Platz.

»Ihre Kolleginnen und Kollegen haben uns berichtet, dass Fenja Lammers sehr verschwiegen war, was ihr Privatleben betraf, machten uns aber darauf aufmerksam, dass die Möglichkeit bestände, dass Frau Lammers Ihnen mehr von sich erzählte«, begann der Hauptkommissar, ohne eine Frage zu formulieren, und ließ den Satz dann einfach im Raum stehen, um Inskes Reaktion abzuwarten.

Die junge Frau wirkte in keiner Weise verunsichert und sagte, ohne zu zögern: »Auch mir hat sich Fenja nicht wirklich anvertraut. Ich habe nur hin und wieder mal etwas mitbekommen, weil wir oft Arbeiten gemeinsam erledigten. Deswegen dachten die anderen sicher auch, dass ich mehr wissen könnte. Bestimmt hat Ihnen aber schon jemand erzählt, dass sie Anfang des Jahres ihre Eltern verlor?« Inske schaute fragend in die Runde und als Andreas nickte, fuhr sie fort: »Das war, noch bevor sie das Praktikum in der Station anfing. Doch war sie manchmal sehr traurig und hat geweint, so haben wir es herausgefunden.«

»Hat sie ganz allein in diesem großen Haus gelebt?«, wollte Josefine wissen.

»Ich weiß nicht mal, wo sie gewohnt hat, aber ja, anfangs war sie nach dem Tod ihrer Eltern ganz allein.«

»Anfangs?«, hakte Andreas nach.

Inske nickte. »Vor ein paar Wochen erzählte sie mir, dass sie jemanden aus ihrer Verwandtschaft wiedergefunden hätte.

Anscheinend war diese oder dieser Verwandte häufig bei ihr, denn sie war ganz glücklich darüber und freute sich, jetzt nicht mehr so oft allein zu sein. Aber mehr hat sie leider auch darüber nicht erzählt, nicht mal, ob es sich um eine Frau oder einen Mann handelte.«

»Uns wurde berichtet, dass Frau Lammers in einer Beziehung war«, ergriff nun Ralf das Wort. »Kennen Sie den Mann?«

Inske, die bisher völlig ruhig gewesen war und ohne Unsicherheit geantwortet hatte, schien nun nervös zu werden. »Ähm … warum sollte ich den kennen?«

»Ihre Kollegen deuteten an, dass sie vielleicht mehr über ihn wissen könnten. Der Vorname ist Fabian. Den Nachnamen konnten wir bisher noch nicht in Erfahrung bringen. Aber das werden wir noch, ob mit Ihrer Hilfe oder ohne«, verdeutlichte Andreas die Wichtigkeit dieses Aspekts der Ermittlung.

Theda zerbröselte den Keks, den sie in der Hand gehalten hatte, und die Krümel landeten auf ihrem Schoß. Polly und Fritzchen, die in Hab-Acht-Position gelegen hatten, sprangen auf, liefen zu Theda hinüber und leckten die Krümel von Frauchens Hosenbeinen.

Theda bedachte Inske mit einem für sie sehr strengen Blick. »Es bringt nichts, etwas zu verschweigen. Früher oder später kommt die Wahrheit ohnehin immer ans Tageslicht.«

»Fabian Kuper!« Der Tonfall, in dem Inske den Namen nun doch aussprach, verhieß nichts Positives. »Ja, den kenne ich. Wir waren zusammen auf der Schule. Keine Ahnung, was Fenja an dem gefunden hat!«

»Was ist denn mit ihm?« Andreas nahm einen der Kekse aus der Dose, die Theda mitten auf dem Tisch platziert hatte, und schaute Inske fragend an.

»Na ja, er ist … also, wie soll ich sagen? Wenn irgendjemand etwas angestellt hatte, dann konnte man davon ausgehen, dass Fabian bis zum Hals mit drinsteckte. Ich denke nicht, dass sich daran inzwischen etwas geändert hat.«

Nicht nur Josefine fiel auf, dass Inskes Wangen sich rot gefärbt hatten, doch sie gab den Kommissaren mit Blicken zu verstehen, diesbezüglich erst einmal nicht weiter nachzuhaken.

Andreas nickte unmerklich, denn das hatte er gar nicht vorgehabt. Zu oft hatte er erlebt, dass eigentlich auskunftsfreudige Zeugen plötzlich schweigsam wurden, gerieten sie etwas mehr in den Fokus der Ermittlung. Und Inske hatte ja bereits versucht, zu verschweigen, dass ihr Fenja Lammers' Freund bekannt war. Er war sicher, dass Theda und Josefine später mehr über Inskes Verhältnis zu Fabian Kuper in Erfahrung bringen würden. Darum erkundigte er sich nur nach der Adresse des jungen Mannes.

Doch Inske antwortete: »Ich kann Ihnen höchstens die Anschrift seiner Mutter nennen. Ob er da noch wohnt, weiß ich allerdings nicht.«

»Die Mutter dürfte ja wissen, wo ihr Sprössling abgeblieben ist«, vermutete Ralf und notierte die Adresse, die Inske ihm nannte.

»Davon würde ich nicht zwingend ausgehen«, bemerkte Inske. Ganz offensichtlich war zwischen ihr und Fabian irgendetwas vorgefallen, worüber die junge Frau immer noch zornig war.

Die Kommissare tauschten einen besorgten Blick aus, denn Thedas Nichte hatte gerade den ersten Platz auf der bisher noch leeren Verdächtigenliste eingenommen.

»Fenja Lammers haben Sie aber erst in der Seehundstation kennengelernt?«, fragte Ralf. »Oder kannten Sie sich auch bereits aus der Schule?«

»Nein. Ich weiß nicht, ob wir auf derselben Schule waren, aber gekannt habe ich sie vorher nicht.«

»Um welche Uhrzeit haben Sie Frau Lammers denn gestern zum letzten Mal gesehen?«

»Gestern Abend bei der letzten Fütterung. Nein, warten Sie, später habe ich sie auch noch mal kurz gesehen. Das muss wohl so gegen halb zehn gewesen sein. Wenn wir mit der Arbeit fertig sind, sitzen wir immer noch ein wenig zusammen, aber Fenja sagte, sie habe noch etwas vor, und verabschiedete sich.« Mit einem Mal stutzte Inske und schaute Andreas erschrocken an. »Jetzt fällt mir ein, dass ich mich noch gewundert habe, dass ihr Fahrrad noch neben meinem stand!« Sie erschauerte.

»Vielleicht war sie da schon tot und ich bin …« Sie sprang auf und rannte aus dem Wohnzimmer.

»Ihr verdächtigt doch wohl nicht meine Nichte!«, fuhr Theda auf, nachdem sie gehört hatte, wie Inske die Tür des Badezimmers aufgerissen hatte. »Und leugnet es nicht! Ich habe eure Blicke bemerkt! So etwas würde Inske niemals tun!«

»Weißt du denn etwas über diesen dubiosen Fabian Kuper?«, fragte Josefine.

»Ich weiß nur, dass es da vor einer Weile mal einen Kerl gab, wegen dem sie viel geweint hat. Es ging ihr erst besser, als sie die Zusage für das Praktikum in der Seehundstation bekam. Aber wir wissen doch alle, wie das ist, wenn einem das Herz zum ersten Mal gebrochen wird! Deswegen bringt man doch niemanden um!«

»Theda, du schreibst Krimis«, bemerkte Ralf. »Solltest du nicht genauso gut wissen wie wir, dass extrem viele Morde aus genau diesem Grunde verübt werden?«

»Trotzdem kann ich für Inske die Hand ins Feuer legen. Sie war es nicht«, beharrte Theda.

»Wärst du trotzdem so nett und würdest ihr ein wenig auf den Zahn fühlen?«, bat Andreas. »Ich fürchte, sie macht dicht, wenn wir auf dem Thema Fabian Kuper herumreiten. Bestimmt erzählt sie dir mehr darüber, wenn du es geschickt anstellst.«

Inske kam zurück und ersparte Theda damit eine Antwort. »Kannst du mich jetzt bitte nach Hause fahren, Tante Theda? Du hattest recht. Es geht mir nicht gut und ich würde mich gerne ein wenig hinlegen.«

»Du kannst dich hier hinlegen. Das Bett im Gästezimmer ist frisch bezogen. Josefine kann meins nehmen und ich schlafe auf dem Sofa. Ich halte es nicht für gut, wenn du jetzt alleine bist.«

»Bring das Mädchen nach Hause, so wie sie es sich wünscht«, mischte sich nun Josefine ein. »Sie ist erwachsen und kann selbst beurteilen, was gut für sie ist.« Rasch zwinkerte sie der Freundin zu, um ihr zu signalisieren, dass sie längst einen Plan hatte, Inske im Auge zu behalten.

Andreas wollte ebenfalls seinen Senf dazugeben, doch Ralf stoppte ihn mit einem Blick, da er bemerkt hatte, dass Josefine etwas im Schilde führte.

»In Ordnung«, sagte der Hauptkommissar darum nur. »Bring deine Nichte nach Hause und schick mir nachher ihre Adresse, damit wir sie erreichen können. Denn wir werden mit ziemlicher Sicherheit noch ein paar Fragen haben. Wir fahren jetzt erst einmal zur Dienststelle.«

Kapitel 5

»Mist!«, fluchte Andreas, als die Kommissare auf dem Parkplatz der Polizeiinspektion Aurich aus dem Auto stiegen. »Wir haben gar nicht mehr mit Tim Fetting gesprochen. Der ist doch der Obertierpfleger da. Vielleicht hätte er uns noch etwas Hilfreiches sagen können.«

»Können wir ja morgen noch nachholen. Aber glaubst du, der weiß etwas, das Fenja Lammers nicht einmal ihren weiblichen Kollegen anvertraute?«

»Das nicht. Aber er macht den Job wohl schon eine ganze Weile. Zudem hat er tagtäglich mit Lebewesen zu tun, die nicht sprechen können. Solche Leute sind meistens recht gute Beobachter. Da braucht's häufig nicht viele Worte.«

Ralf nickte. »Das stimmt allerdings. Dann statten wir ihm morgen früh noch mal einen Besuch ab. Jetzt sollten wir uns anhören, was Heike herausgefunden hat, und sofern sie inzwischen einen Beschluss erwirken konnte, würde ich mir gerne mal das Haus der Familie Lammers von innen ansehen.«

»So machen wir das«, stimmte Andreas dem Vorschlag des Kollegen zu.

Nachdem der Hauptkommissar seine Frau Heike begrüßt hatte, die als Sekretärin in der Inspektion arbeitete, erkundigte er sich sofort danach, wie weit Heikes Recherche gediehen war.

»Lasst uns in den Besprechungsraum gehen«, schlug Heike Coordes vor. »Ich habe bereits eine ganze Menge zusammengetragen.«

»Ich hole uns Kaffee«, bot Ralf an und verschwand in der Teeküche.

Wenig später saßen sie an dem langen Besprechungstisch, auf dem Heike etliche Computerausdrucke ausgebreitet hatte.

»Die Eheleute Lammers verunglückten im Februar auf der B 72«, begann die Sekretärin. »Zuerst gingen die Kollegen, die vor Ort waren, davon aus, dass der Fahrer bei zu hoher Geschwindigkeit auf nasser Straße die Kontrolle über das Fahrzeug verlor. Nachdem das auch so in der Zeitung berichtet wurde, meldete sich jedoch eine Mitarbeiterin vom Naturlandhof Leerhoff und berichtete, sie habe gesehen, dass der Wagen von der Fahrbahn gedrängt worden war. Leider war es zu dunkel und das Geschehen auch zu weit von ihr entfernt, als dass sie genauere Auskunft über Fahrzeugtyp oder Kennzeichen hätte machen können. Aber sie sagte aus, dass es sich um einen hellen Kastenwagen in der Art Renault Kangoo oder Citroën Berlingo gehandelt habe, und sie glaubte, ein Auricher Kennzeichen erkannt zu haben. Wilko Lammers verstarb noch am Unfallort, seine Frau Regina erlag zwei Tage später im Krankenhaus ihren Verletzungen. Der Fall wird bei uns als Unfallflucht geführt, es gibt aber nach wie vor keine Spur zum Verursacher.«

Andreas hob skeptisch die Brauen, während er einen Schluck Kaffee trank. Er setzte die Tasse ab und sagte: »Die Eltern sterben, nachdem sie von der Straße gedrängt wurden, und nun wurde die Tochter ermordet? Klingt für mich gerade nicht wirklich nach Zufall.«

»Das dachte ich auch«, stimmte Ralf zu und Heike nickte.

»Im Übrigen waren Regina und Wilko Lammers nicht Fenjas leibliche Eltern. Sie adoptierten das Mädchen jedoch kurz nach seiner Geburt. Die Suche nach einem leiblichen Elternteil gestaltet sich aufgrund einer anonymen Adoption allerdings schwierig, wie ihr euch sicher vorstellen könnt, aber ich bleibe dran.«

»Was ist das?« Andreas nahm mehrere der Computerausdrucke zur Hand, auf denen Fotos zu sehen waren.

»Screenshots von Fenjas Facebookprofil«, antwortete Heike. »Sie war zwar dort nicht sehr aktiv, aber es gibt ein paar Fotos von ihr mit einem jungen Mann. Ich vermute, es handelt sich um ihren Freund.«

»Fabian Kuper«, unterbrach Andreas seine Frau. »Wenn du über ihn auch noch mehr herausfinden könntest, würde uns das sicher weiterhelfen. Wir haben die Anschrift seiner Eltern, wissen aber nicht, ob der junge Mann noch dort wohnt. Auch scheint er eine Menge auf dem Kerbholz zu haben. Womöglich ist er ja bei uns aktenkundig.«

Heike nickte. »Mach ich.« Dann fuhr sie mit ihren Ergebnissen fort: »Außerdem postete sie vor drei Wochen, sie habe endlich einen Teil ihrer Wurzeln gefunden. Das Ganze versehen mit Herzchen und Lachemojis.«

Ralf nickte. »Inske Tammen erzählte, dass sie wohl eine oder einen Verwandten gefunden hatte. Hat sie vielleicht bei Facebook auch herausposaunt, um welchen Verwandten es sich handelt? Oder noch besser, ein Foto eingestellt?«

Heike schüttelte den Kopf. »Leider nicht. Aber da sie adoptiert war – wenn sie es bis dahin nicht gewusst hatte, dann erfuhr sie es garantiert nach dem Tod ihrer Adoptiveltern –, hat sie mit Sicherheit nach ihren biologischen Eltern gesucht und allem Anschein nach auch ein Elternteil gefunden.«

»Gibt's da was zu erben?«, fragte Andreas plötzlich.

»Ja, gibt es tatsächlich. Und offenbar gar nicht so wenig. Bisher habe ich nur herausgefunden, dass es etliche Immobilien in der Umgebung gibt, die der Familie Lammers gehören. Vorwiegend Ferienhäuser. Die werden allerdings von einer Vermietungsgesellschaft betreut. Da warte ich noch auf eine genaue Aufstellung sowie die Information, welcher Notar die Familie Lammers vertritt, um herauszufinden, wer Fenjas Erbe ist. Ach ja, den Durchsuchungsbeschluss habe ich schon an die Kriminaltechnik weitergeleitet, auch wenn ich nicht weiß, wem die den zeigen sollten. Aber ich denke, wenn ein Anwalt oder Notar mit den Angelegenheiten der Familie betraut ist, wovon ich ausgehe, wird der sich schon früher oder später bei uns melden.« Sie schaute auf die Uhr. »Die Kollegen sollten inzwischen vor Ort sein.«

»Tolle Arbeit!«, lobte Andreas. Er leerte seine Kaffeetasse und erhob sich. »Dann schauen wir mal im Hause Lammers vorbei. Vielleicht finden wir ja dort eine Spur oder wenigstens ein Motiv für den Mord an Fenja und womöglich auch an ihren Eltern.«

Ein kurzes Telefonat mit Kriminaltechniker Thorsten Broers ergab, dass er und seine Leute sich – wie von Heike vorhergesagt – bereits im Haus der Familie Lammers befanden, und so fuhren auch Andreas und Ralf noch einmal zu dem prächtigen Gulfhof vor den Toren der Stadt Norden.

»Habt ihr hier jemanden angetroffen?«, erkundigte sich Ralf.

Thorsten Broers verneinte. »Habe ich allerdings auch nicht erwartet. Ihr habt ja inzwischen sicher auch gehört, dass die Eltern des Mordopfers Anfang des Jahres bei einem Unfall ums Leben kamen.«

»Haben wir. Und dieser Umstand erscheint uns sehr suspekt.«

Broers zuckte mit den Schultern. »Nun ja, merkwürdige Zufälle gibt es schon, oder?«

»Klar gibt's die. Aber nur ganz selten im Zusammenhang mit Mordfällen«, entgegnete Ralf.

»Auch wieder wahr. Und wo wir gerade bei Merkwürdigkeiten sind – hier scheint alles normal zu sein. Kein Hinweis auf Zerstörung beziehungsweise Gewalt. Wenn die junge Frau hier alleine wohnte, wäre es da nicht viel einfacher gewesen, sie auch hier umzubringen und nicht in der Seehundstation, wo der Täter jederzeit von einem Mitarbeiter hätte überrascht werden können?«

»Guter Gedanke!« Andreas bedachte den Kollegen mit einem anerkennenden Blick.

Ralf hingegen seufzte vernehmlich. »Womit wir wieder bei den Seehundleuten wären.«

Thorsten grinste. »Hast du damit ein Problem?«

»Ja, hab ich. Die sind alle sehr nett.«

Der Kriminaltechniker lachte auf. »Und wie wir ja alle wissen, sieht man Mördern immer auf den ersten Blick an, dass sie abgrundtief böse sind.«

Nun musste auch Ralf grinsen. »In Ordnung. Ich bleibe objektiv. Aber trotzdem sollten wir uns jetzt erst mal hier umsehen. Habt ihr zufällig schon irgendeinen Hinweis auf ein Testament oder einen für die Familie tätigen Anwalt oder Notar gefunden?«

»Nein. Und das wird vermutlich auch noch eine Weile dauern. Diese Bude hier hat echt viele Zimmer und wir haben ja auch gerade erst angefangen. Also macht euch nützlich und sucht selbst danach.«

»Hast du schon sowas wie ein Arbeitszimmer entdeckt?«, wollte Ralf noch wissen.

»Ja, irgendwo hier unten ist eins.« Er wies mit der Hand einen langen Flur hinunter. »Sieht aus, als hätte Lammers dort seine Kanzlei gehabt. Immer der Nase nach und dann durch die Tür in den ehemaligen Stalltrakt.«

Die Kommissare bedankten sich und machten sich auf den Weg. Tatsächlich fanden sie hinter einer Brandschutztür die Räumlichkeiten, die, wie Thorsten Broers schon vermutet hatte, die Kanzlei des verstorbenen Rechtsanwaltes beherbergten.

»Es gibt ein Vorzimmer«, verkündete Ralf, der eine weitere Tür geöffnet und in den Raum dahinter geschaut hatte. »Dann sollte es doch auch eine Anwaltsgehilfin oder eine Sekretärin geben, die hier arbeitete, bevor ihr Arbeitgeber verunfallte.«

Andreas streifte Latexhandschuhe über. »Dann lass uns mal suchen und hoffen, dass wir schnell etwas finden.« Er zog die erste Schublade vom Schreibtisch des Anwalts auf.

Ralf begann mit der Durchsuchung des Vorzimmers, kam aber gar nicht erst dazu, eine Schublade aufzuziehen, denn er entdeckte die Visitenkarte einer Anwaltssozietät und einen handgeschriebenen Zettel, auf dem ein Datum nebst einer Uhrzeit sowie der Name der Kanzlei und die Worte ›Übernahme Akten‹ notiert waren. »Ich glaub, ich hab was gefunden!«, rief er zu Andreas hinüber.

Coordes, der kein großer Fan von Durchsuchungen war, ging sofort zu seinem Kollegen, der ihm Zettel und Visitenkarte unter die Nase hielt.

»Ich vermute, die haben sich um Lammers' laufende Fälle gekümmert.« Ralf machte eine ausschweifende Geste mit der Hand. »Ich sehe nämlich keine einzige Fallakte hier. Und bei Gericht und Anwaltskanzleien ist die Digitalisierung noch nicht sehr weit fortgeschritten. Die drucken noch jede E-Mail aus und heften sie ab.«

Andreas nickte. »Und wenn die die Fälle übernommen haben, dann wissen die auch, wer für die Familie Lammers als Notar tätig war.«

Ralf tippte auf die Visitenkarte. »Die haben selbst einen Notar. Würde mich wundern, wenn der nicht auch für Wilko Lammers tätig war.«

»Dann überlassen wir das gesamte Terrain doch einfach wieder unseren Technikern.« Andreas grinste. »Thorsten wird nicht erfreut sein.«

Auch Ralfs Mundwinkel hoben sich. »Du dafür umso mehr.«

»So ist es. Komm, wir besuchen ein paar Anwälte.«

Kapitel 6

»Was ist mit Fabian Kuper?«, wollte Ralf wissen, als sie in Norden vor dem Gebäude ausstiegen, in dem sich die Anwaltssozietät *Dönnerschlach, Bleeker & Partner* befand.

»Die Anschrift, die Inske Tammen uns gab, ist doch auch hier in Norden. Wir fahren anschließend dort vorbei.« Andreas ging auf die Eingangstür zu. Sie ließ sich einfach aufdrücken. Ein Schild im Flur wies den Eintretenden darauf hin, dass sich die Anmeldung im Hochparterre befand. Hier klopfte der Hauptkommissar, bevor er die Tür öffnete und eintrat.

Eine Frau mittleren Alters unterbrach die Arbeit am Computer und wandte sich den Kommissaren zu. »Sie haben einen Termin?«, erkundigte sie sich.

Andreas hatte bereits seinen Dienstausweis gezückt und hielt ihn der Dame entgegen. »Moin, Kriminalpolizei Aurich. Wir müssten mit demjenigen sprechen, der die Fälle von Herrn Doktor Lammers übernommen hat.«

»Oh, da muss ich eben nachfragen, ob Doktor Dönnerschlach noch Mandanten hat.« Die Frau stand auf. »Einen Moment bitte. Ich frage nach.« Sie verließ das Büro, ließ aber die Tür offen und so hörten Ralf und Andreas, wie sie die Treppe hinauflief.

Ein paar Minuten später kam sie zurück. »Gehen Sie bitte nach oben. Doktor Dönnerschlach hat Zeit für Sie.«

Andreas bedankte sich und die Männer nahmen nun denselben Weg wie zuvor die Empfangssekretärin.

»Was kann ich für Sie tun, meine Herren?«, empfing sie ein distinguierter, hochgewachsener Mann um die sechzig. Er reichte Andreas die Hand. »Keno Dönnerschlach mein Name. Ich bin der Testamentsvollstrecker der Familie Lammers. Was die Abwicklung von Wilkos Kanzlei anbetrifft – das übernahm ein durch die Anwaltskammer bestellter Abwickler. Geht es denn um eins von Wilkos Mandaten?«

»Nein. Tatsächlich sind Sie in Ihrer Funktion als Testamentsvollstrecker wesentlich hilfreicher. Standen Sie mit Familie Lammers in freundschaftlicher Beziehung?«

Dönnerschlach nickte. »Wilko absolvierte damals sein Referendariat bei uns. In dieser Zeit ist trotz des Altersunterschiedes eine herzliche Freundschaft zwischen unseren Familien entstanden.« Seine Augen glänzten feucht, als er weitersprach: »Es war so furchtbar, was im Februar geschah. Die arme Fenja, beide Eltern auf einen Schlag verloren … Geht es um die Fahrerflucht? Haben Sie den Verursacher gefunden?«

»Wenn Sie so eng mit der Familie befreundet waren, dann sollten Sie sich lieber setzen«, empfahl Ralf.

Offenbar ließ der Tonfall des Oberkommissars den Rechtsanwalt Böses ahnen. »Ist irgendwas mit Fenja?«

»Können wir in Ihr Büro gehen?« Andreas hatte bemerkt, dass die Geräusche, die bei ihrem Eintreten noch auf geschäftiges Treiben hingedeutet hatten, nun völlig verstummt waren. Anscheinend waren sämtliche Mitarbeiter auf dieser Etage gerade mit Lauschen beschäftigt.

»Ja … ja … natürlich.« Keno Dönnerschlach lief voran und die Kommissare folgten ihm in ein großes, modern eingerichtetes Büro. Lediglich der wuchtige Schreibtisch, hinter dem der Anwalt sich nun niederließ, war ein antikes Möbelstück, welches aber ausgezeichnet zum moderneren Ambiente passte.

»Was ist mit Fenja?«, fragte Dönnerschlach noch einmal.

»Es tut mir aufrichtig leid, Ihnen das mitteilen zu müssen – Fenja Lammers wurde heute Morgen tot in der Seehundstation Norddeich aufgefunden. Wir gehen von Fremdverschulden aus und haben die Ermittlungen eingeleitet.«

»Fenja wurde ermordet?«, stieß Dönnerschlach hervor und starrte Andreas entsetzt an.

»Danach sieht es aus.«

»Dann wurden ihre Eltern auch nicht durch einen Unfall getötet!«

»Was bringt Sie zu dieser Annahme?«, hakte Ralf sofort nach.

»Na, ist Ihnen dieser Gedanke noch nicht gekommen? Herrgott! Sie sind doch Kriminalbeamte! Wie wahrscheinlich ist es, dass die Eltern bei einem Unfall sterben und sieben

Monate danach die Tochter ermordet wird?« Für einen Moment schaute er nachdenklich von Ralf zu Andreas. »Ihnen ist dieser Gedanke bereits gekommen«, stellte er dann fest. »Und nun wollen Sie wissen, ob es etwas zu erben gibt und wer der Begünstigte ist.«

»So ist es.«

»Nun … das ist gar nicht so einfach. Leider ließ Fenja sich nicht von mir überzeugen, ihr Testament zu machen. Sie sagte, das würde den Tod beschreien …« Er stand auf, ging zu einem Schrank, der in das Bücherregal integriert war, öffnete eine Tür und nahm eine Flasche Cognac und ein Glas heraus. »Entschuldigen Sie, aber auf den Schreck … Möchten Sie auch ein Glas?«

»Nein danke, wir sind im Dienst.«

»Ja, natürlich.« Dönnerschlach schenkte sich einen Doppelten ein und stürzte das Getränk hinunter. Dann nahm er wieder Platz, stellte Flasche und Glas auf seinem Schreibtisch ab. »Ich werde jetzt herausfinden müssen, ob es noch weitläufige Verwandte der Familie Lammers gibt.« Er zuckte mit den Schultern. »Andernfalls freut sich Vater Staat über ein Vermögen.«

»Mist!«, entfuhr es Ralf Thoben.

»Sie hatten gehofft, Fenjas Mörder unter den potentiellen Erben zu finden«, vermutete der Anwalt und Ralf nickte. »Tut mir leid, dass ich es Ihnen nicht so einfach machen kann.«

»Was ist mit Fenjas leiblichen Eltern?«, fragte Andreas.

»Nichts. Erbrechtlich sind die nicht relevant. Bei einer Adoption erlöschen die bisherigen Verwandtschaftsverhältnisse einschließlich des gegenseitigen Erb- und Pflichtteilrechts.«

Auch dem Anwalt händigte Ralf eine Visitenkarte aus, bevor sich die Kommissare verabschiedeten.

»Eins noch«, hielt Dönnerschlach die Männer auf. »Bitte verständigen Sie mich, wenn Fenjas Leiche freigegeben wird. Wir werden uns um die Beerdigung kümmern. Sie hat ja sonst niemanden mehr.«

Als die Kommissare schon an der Haustür waren, kam plötzlich die Dame vom Empfang hinter ihnen hergelaufen. »Warten Sie bitte einen Moment.«

Überrascht ließ Andreas die Türklinke wieder los.

Die Frau warf rasch einen Blick zur Treppe hin, und als sie sicher war, dass niemand sie belauschte, sagte sie mit gedämpfter Stimme: »Ich habe mitbekommen, dass Fenja Lammers ermordet wurde. Befassen Sie sich mit Fabian Kuper. Ich weiß nicht, was genau er mit all dem zu tun hat, aber sprechen Sie mit ihm.«

»Sie kannten Fenja?«

Die Frau nickte. »Ich habe für Doktor Lammers gearbeitet, bevor ... Und ich habe von Anfang an nicht geglaubt, dass es ein Unfall war. Wilko war ein viel zu umsichtiger Fahrer. Und jetzt das mit Fenja … Es ist nur … ich kann … darf Ihnen nicht mehr sagen, aber bitte überprüfen Sie Fabian.«

»Warum dürfen Sie uns nicht mehr sagen?«

Wieder warf sie einen Blick zur Treppe. »Ich habe mich durch meinen Arbeitsvertrag zur Verschwiegenheit verpflichtet und Ihnen bereits jetzt schon zu viel gesagt.«

Oben wurde eine Tür geöffnet und jemand trat in den Flur hinaus.

»Wenn wirklich noch etwas ist – Sie wissen ja, wo Sie mich finden.« Rasch lief sie hinauf und verschwand in der Tür.

»Also weist alles auf Fabian Kuper hin.« Ralf entriegelte das Auto und stieg ein.

»Ist mir fast schon ein wenig zu offensichtlich.« Nachdenklich legte Andreas den Sicherheitsgurt an. »Jeder, der Fenja kannte, erwähnt sofort Fabian Kuper.«

»Vermutlich, weil der Knabe reichlich Dreck am Stecken hat. Frag doch mal bei Heike nach, ob sie inzwischen schon etwas über ihn herausgefunden hat.«

Andreas hatte das Telefon schon in der Hand. »Wollte ich gerade machen. Und wir sollten herausfinden, ob Kuper womöglich auch Dönnerschlachs Mandant ist und die Dame uns darum nicht mehr erzählen darf. Aber du kannst trotzdem schon mal losfahren. Schließlich wollen wir mit Kuper sprechen.«

»Was hat Fabian nun schon wieder ausgefressen?« Elke Kuper war offensichtlich nicht überrascht, zwei Polizisten die Türe zu öffnen, die ihren Sohn sprechen wollten. Allenfalls die Tatsache, dass diese Polizisten nicht uniformiert waren, schien sie, ihrem Blick nach zu urteilen, etwas zu irritieren.

Anstatt eine Antwort zu geben, fragte Andreas: »Wohnt Ihr Sohn denn noch bei Ihnen?«

Die blonde Frau lachte auf. »Sicher, wo sollte er sonst wohnen? Ohne regelmäßiges Einkommen bekommt man nur schwer einen Mietvertrag. Aber wenn er sich noch ein bisschen Mühe gibt, dann sitzt er sicher bald im Knast und hat staatlich subventionierte Räume.« Sie schickte einen resignierten Seufzer hinterher. »Nun kommen Sie schon rein. Ist nicht so, als ob die Nachbarn nicht wüssten, dass ich erzieherisch komplett versagt und darum sämtliche ihrer Vorurteile über alleinerziehende Mütter bestätigt habe. Aber ich hab mich noch nicht so richtig dran gewöhnt und es ist mir immer noch peinlich, wenn sie nach und nach an den Fenstern erscheinen, um zu schauen, ob Fabian abgeführt wird oder nicht.«

Sie wandte sich um und brüllte: »Fabian! Komm runter! Polizei ist hier! Beweg dich, die haben nicht ewig Zeit!«

Ralf und Andreas waren ihr in den Flur gefolgt, von dem aus eine Treppe nach oben führte. Plötzlich war in der oberen Etage Gerumpel zu hören, es folgte ein gedämpfter Aufschrei, dann war es still.

»Scheiße! Der ist durchs Fenster getürmt!«, fluchte Ralf und war schon wieder zur Tür hinaus.

Andreas wollte ihm folgen, doch Elke Kuper hielt ihn auf. »Vergessen Sie's. Der türmt durch die Gärten. Bevor Ihr Kollege ums Haus rum ist, ist Fabian schon längst drei Dörfer weiter. Kommen Sie mit in die Küche. Ich mache uns Tee. Vielleicht kann ich Ihnen ja weiterhelfen. Lassen Sie die Tür für Ihren Kollegen offen. Grundsätzlich ist das hier nämlich eine friedliche und sichere Gegend.«

In der Küche angekommen, startete die Hausherrin umgehend den Wasserkocher, nachdem sie Andreas aufgefordert hatte, sich zu setzen. »Also, was hat er nun wieder angestellt? Geht's um Drogen? Er nimmt das Zeug nicht selbst, aber ich weiß, dass er damit handelt. Sie können in seinem Zimmer nachschauen, ob er was dahat. Ich erlaube es. Ich schaffe es einfach nicht …«

»Frau Kuper«, unterbrach Andreas die Frau, bevor sie sich noch um Kopf und Kragen redete. »Wir sind nicht wegen eines Drogendeliktes hier. Tatsächlich geht es um eine Zeugenvernehmung.«

»Wie bitte?« Fast hätte Elke Kuper vor Überraschung die Teetassen fallen lassen. Rasch stellte sie sie auf den Tisch.

»Kannten Sie Fenja Lammers?«, fragte der Hauptkommissar schnell, bevor der nächste Redeschwall Elke Kupers über ihn niederging.

Sie dachte kurz nach, dann schüttelte sie den Kopf. »Nein, nie gehört, den Namen. Fabians Freundin heißt Inske. Inske Tammen, soweit ich weiß. Ich hab sie mal kennengelernt. Nettes Mädchen. Sollte sich lieber von meinem Sohn fernhalten. Schlimm, dass die eigene Mutter so etwas sagen muss, aber …«

»Ist mir entwischt!«, stieß Ralf Thoben schwer atmend hervor, als er in der Küche auftauchte.

Elke Kuper bedachte Andreas Coordes mit einem Habe-ich-doch-gesagt-Blick. An Ralf gewandt, sagte sie: »Setzen Sie sich. Tee ist sofort fertig.«

»Laut Frau Kuper ist Inske Tammen Fabians Freundin«, informierte Andreas Ralf leise.

»Ach, guck«, entgegnete der nur.

Wenig später saßen die drei mit dampfenden Teetassen um den Tisch herum.

»Zeugenaussagen zufolge war die aktuelle Freundin Ihres Sohnes Fenja Lammers. Frau Lammers wurde heute Morgen ermordet in der Seehundstation aufgefunden«, erklärte Andreas.

Ungläubig starrte Elke Kuper ihn sekundenlang an. »Das hat Fabian nicht getan!«, stieß sie endlich hervor. »Er hat schon eine Menge Scheiße gebaut und wird das voraussichtlich auch weiterhin tun. Aber mein Sohn ist kein Mörder!«

»Das behauptet ja bisher auch niemand«, beschwichtigte Ralf. »Aber wir müssen darum unbedingt mit ihm sprechen. Zum einen, weil wir natürlich ein Alibi von ihm benötigen, zum anderen kann er uns vielleicht wichtige Hinweise geben, die uns helfen, Fenjas Mörder zu fassen.«

»Nun, das Alibi kann ich Fabian ja vielleicht schon geben. Er war gestern gar nicht weg. Erst, als Sie kamen, hat er zum ersten Mal seit vorgestern das Haus verlassen.«

Elke Kuper war keine talentierte Lügnerin, hatte es nicht einmal geschafft, die Kommissare anzusehen, während sie diese Behauptung von sich gab, und so stellte Andreas fest: »Also hat er kein Alibi.«

»Ich … aber … ich habe doch gerade gesagt …«

»Frau Kuper, Sie wissen es, mein Kollege und ich wissen es auch – Sie lügen. Das ist nicht hilfreich. Sagen Sie einfach die Wahrheit. Die kommt ohnehin früher oder später immer ans Tageslicht«, zitierte Andreas Thedas Worte.

Elke Kupers Augen füllten sich mit Tränen, als sie mit Vehemenz versicherte: »Er ist bestimmt kein Mörder! Das müssen Sie mir glauben!«

»Wann ist Ihr Sohn gestern nach Hause gekommen?«, blieb Andreas hartnäckig.

Die Mutter gab sich geschlagen. In einer verzweifelten Geste hob sie die Hände. »Ich weiß es nicht. Ich bin gegen dreiundzwanzig Uhr ins Bett gegangen und dann wohl auch bald eingeschlafen. Ich habe nicht gehört, wann er nach Hause kam.«

»Irgendeine Idee, wo sich Ihr Sohn vor uns verstecken könnte?«, fragte Ralf.

»Eigentlich hätte ich gesagt, Sie finden ihn bei Inske, aber wenn die beiden nicht mehr zusammen sind … Dann vermutlich bei einem seiner ›Freunde‹.« Sie setzte das Wort Freunde durch Tonfall und mit Gestik in Anführungszeichen.

»Er ist schon mit vierzehn in schlechte Gesellschaft geraten, und es gelang mir nicht, irgendetwas dagegen zu unternehmen. Es folgte das Übliche: Schulabbruch, ein paar Jugendstrafen, bisher zum Glück auf Bewährung, kein Job und dadurch immer wieder kriminelle Aktivitäten, um an Geld zu kommen. Wissen Sie, ich verdiene zwar genug, um uns ein gutes Leben zu ermöglichen, doch für besonderen Luxus reicht es nicht«, entschuldigte sie sich. »In letzter Zeit ging es wohl hauptsächlich um Drogen, aber Sie können sich sicher vorstellen, dass er nicht nach Hause kommt und mir stolz von einem gelungenen Deal erzählt. Gehen Sie einfach die hiesigen Drogendelikte durch und suchen Sie die Beschuldigten auf. Bei irgendeinem von denen werden Sie auch Fabian finden.« Sie schaute Andreas betroffen an. »Das arme Mädchen … musste sie sehr leiden?«

»Wir haben noch kein abschließendes Untersuchungsergebnis, aber unsere Rechtsmediziner gehen davon aus, dass es schnell ging.«

»Wären Sie so nett und würden versuchen, Ihren Sohn telefonisch zu erreichen«, bat nun Ralf. »Sie könnten ihn bitten, zurückzukommen, um mit uns zu reden.«

»Ja, natürlich!« Die besorgte Mutter nahm ihr Smartphone vom Tisch und rief die Nummer ihres Sohnes auf.

Aus der oberen Etage war plötzlich Musik zu hören.

»Darf ich?« Ralf wies mit dem Finger nach oben und schaute Elke Kuper an.

Die nickte, hielt das Telefon aber weiterhin ans Ohr.

Ralf stand auf, verließ das Wohnzimmer und es war zu hören, wie er die Treppe hinauflief. Kurz darauf kam er zurück, mit einem Smartphone in der Hand. »Gehört das Ihrem Sohn?«

Elke ließ das Handy sinken. »Ja, das gehört Fabian. Er muss es vergessen haben.«

»In Ordnung, Frau Kuper. Dann können wir hier erst mal nichts mehr ausrichten. Bitte informieren Sie uns, sollte Fabian nach Hause kommen.« Andreas überreichte ihr eine Visitenkarte.

Sie begleitete die Kommissare zur Tür. »Fenja Lammers«, sagte sie nachdenklich und mehr zu sich selbst. Dann schaute sie Andreas an. »Wer sind die Eltern des Mädchens? Vielleicht kenne ich die.«

»Wilko und Regina Lammers«, antwortete der Hauptkommissar. »Herr Lammers war …«

»Rechtsanwalt«, fiel Elke Kuper ihm ins Wort. Ein wenig abwesend nickte sie. »Ja, ich kenne ihn … kannte ihn. Ich wusste aber nicht, dass er eine Tochter hat.«

»Was nun?«, fragte Ralf, als die Kommissare wieder im Auto saßen.

Andreas gähnte und warf dann einen Blick auf seine Armbanduhr. »Wir fahren nach Aurich und stöbern noch ein wenig in den Drogenfällen, um herauszufinden, wie tief Kuper drinsteckt und wo wir morgen nach ihm suchen könnten, dann machen wir Feierabend. Für heute habe ich genug.«

»Und Tim Fetting? Mit dem wollten wir doch auch noch sprechen.«

»Dein Arbeitseifer in allen Ehren, aber der freut sich bestimmt auch morgen noch über unseren Besuch.«

Nun musste auch Ralf gähnen. »Ist bestimmt die jodhaltige Luft hier an der Küste«, mutmaßte er. »Ich denke, du hast recht. Wir sollten so langsam den Feierabend einläuten.

Kapitel 7

»Was hast du vor?«, platzte Theda heraus, sobald sie und Josefine Inske vor dem Ferienhaus abgesetzt hatten, das der Familie Borchers/Tammen gehörte und in dem Thedas Nichte während ihres Praktikums wohnte. So konnte Inske innerhalb weniger Minuten mit dem Fahrrad zur Seehundstation fahren, während sie, von Aurich aus, ein Auto benötigt hätte.

»Wir fahren jetzt wieder zu dir, du packst alles zusammen, was du für dich und die Hunde für einige Tage benötigst, und dann kommen wir wieder hierher. Ich habe meine Beziehungen spielen lassen und ganz in Inskes Nähe ein Ferienhaus für ein paar Tage ergattern können. So haben wir deine Nichte im Blick und können uns außerdem vor Ort um den Mord an ihrer Kollegin kümmern.«

In Thedas Augen leuchtete ein abenteuerlustiges Blitzen auf. »Ich hätte wissen müssen, dass du so etwas hinbekommst. Großartig!«

Eigentlich hatte Josefine erst einmal mit einem Widerspruch der Freundin gerechnet, denn normalerweise war diese ganz und gar nicht wild auf Abenteuer, auch wenn sie sich von Josefine immer wieder dazu überreden ließ. Grundsätzlich beschränkte sie sich bei der Suche nach Mördern jedoch lieber auf ihre Krimis. Doch wenn es um die eigene Familie ging, schien es noch eine andere Theda zu geben. Zufrieden stieg Josefine ins Auto.

Zurück in Pilsum stellte Theda ernüchtert fest, dass ihr Auto wohl erst einmal an die Steckdose musste, bevor sie erneut damit nach Norddeich würden fahren können.

»Ich hatte ohnehin gedacht, dass wir meinen Wagen nehmen«, sagte Josefine. »Du, deine Hunde, ich und unsere ganzen Plörren – ich glaube, rein platzmäßig sind wir mit meinem Auto besser aufgestellt.«

»Und er ist so unauffällig. Da wird Inske uns garantiert nicht bemerken«, entgegnete Theda ironisch. »Schon weil dieses Auto spätestens fünf Minuten nach unserer Ankunft Stadtgespräch sein dürfte.«

»Es gibt ein Carport mit Seitenverkleidung am Haus. Ich habe mich extra danach erkundigt.«

Theda gab sich geschlagen, zumal sie nicht die Geduld hatte, zwei Stunden zu warten, bis der Skoda über den Haushaltsstrom wenigstens für die Strecke zurück nach Norddeich geladen war. Nachdem sie ihre Sachen sowie einen Großteil des Inhaltes ihres Kühlschranks und alles für die Hunde eingepackt hatte, informierte sie noch Nachbarin Grietje über ihren Ausflug und dann machten sich die Freundinnen in Josefines Leichenwagen auf den Weg zum telefonisch angemieteten Ferienhaus.

In Norddeich angekommen, parkte Josefine den Mercedes sofort im Carport. »Ich laufe die paar Meter zu Marthas Cousine, um den Schlüssel zu holen«, informierte sie Theda und stieg aus.

Auch Theda verließ das Fahrzeug. Sie ging zum Heck des Wagens, um die Hunde herauszuholen, da erst bemerkte sie, wo genau sie sich befand. Gleich an der nächsten Ecke war das Ferienhaus der Familie, in dem Inske wohnte. Sie schüttelte den Kopf. Josefine und ihre Kontakte. Wie sie das nur immer wieder hinbekam. Dabei war Theda selbst gebürtige Ostfriesin und hatte ihr bisheriges Leben auch hier verbracht. Doch sie kannte nicht einmal ansatzweise so viele Leute wie die Freundin. Und die Kontakte, die sie inzwischen pflegte, waren größtenteils auch durch Josefine entstanden. Sie gratulierte sich selbst dazu, dass das Schicksal sie aufeinandertreffen und zu besten Freundinnen hatte werden lassen.

»So, hier ist der Schlüssel.« Josefine war zurückgekommen, öffnete den Kofferraum und den Kennel, in dem normalerweise ihr Mops Sir Toby zu reisen pflegte, der aber nun Polly und Fritzchen beherbergte.

Theda leinte die beiden an und hob einen nach dem anderen aus dem Wagen. Dann nahmen die beiden Frauen ihre Taschen und Josefine schloss den Kofferraum.

»Also, grundsätzlich würde ich hier ja nicht Urlaub machen wollen«, stellte Theda fest, als sie auf den Flachdach-

Bungalow zuliefen. »Darum habe ich selbst unser eigenes Ferienhaus noch nie genutzt.«

»Nun, wenn man Ferien in einer Siedlung mag, dann ist das hier doch ideal«, witzelte Josefine. »Aber wir sind ja auch nicht zur Erholung hier.« Sie schloss die Haustür auf und betrat den Bungalow.

Theda und die Hunde folgten.

Sobald ihr Frauchen die Leinen gelöst hatte, begannen Fritzchen und Polly damit, ihre neue Umgebung zu erkunden.

Josefine stellte die Taschen im Flur ab und schaute dann in jeden Raum. »Perfekt!«, rief sie plötzlich aus.

Theda folgte ihrem Ruf und betrat die Küche.

Josefine wies auf das Fenster. »Von hier aus haben wir Inskes Haustür genau im Blick.«

»Hast du vor, Inske jetzt Tag und Nacht zu überwachen?«, fragte Theda skeptisch. »Das erscheint mir schon ein wenig übergriffig.«

»Natürlich nicht! Ich mache mir nur Sorgen, dass ein gewisser junger Mann sie vielleicht aufsucht und es Ärger geben könnte, sollte er mit dem Mord an Fenja zu tun haben. Falls das passiert, sind wir in der Nähe.«

Erschrocken riss Theda die Augen auf. »Du denkst, Inske ist in Gefahr?«

»Bisher denke ich noch gar nichts. Ich arbeite nur vorausschauend. Und da deine Nichte sich recht schweigsam gab, was diesen Fabian Kuper anbelangt, denke ich, wir sollten auf der Hut sein. Spätestens, nachdem Andreas und Ralf Herrn Kuper einen Besuch abgestattet haben.«

»Du hast recht. Und was machen wir jetzt?«

»Ich würde sagen, erst einmal einen schönen Spaziergang zum Hundestrand und anschließend machen wir uns etwas zu essen.«

»Klingt gut. Aber lass uns erst noch die Lebensmittel in den Kühlschrank räumen, sonst müssen wir am Ende doch noch zum Essen in ein Restaurant gehen. Und ich würde die Hunde ungern in der ungewohnten Umgebung alleine lassen.«

Ein paar Minuten später hatten sie alle Vorräte verstaut und machten sich auf den Weg zum Meer. Obwohl die Herbstferien noch nicht angefangen hatten, waren viele Menschen unterwegs.

»Was treibt die alle hierher?«, fragte Theda verständnislos. »Bei uns zum Beispiel wäre es doch viel schöner als hier, oder?«

»Finde ich persönlich auch, aber die meisten Leute wollen halt ans Meer, wenn sie in den Norden fahren. Und die Urlauber mit Hunden eben an besagten Hundestrand. So etwas gibt es ja nun auch nicht mehr überall.«

Theda nickte. »Genau, weil Hunde ja so viel mehr Dreck machen als Menschen.«

»Liegt wohl weniger an den Hunden als an einigen ihrer Halter, die zwar die Hinterlassenschaften der Vierbeiner aufsammeln, anschließend die Tüten aber irgendwo ins Gebüsch werfen.«

Theda nickte. »Anscheinend macht die Evolution seit einigen Jahren Pause. Die Menschen werden nicht intelligenter.«

Sie waren am Deich angekommen und liefen die Treppe zur Deichkrone hinauf. Oben angelangt, schauten sie auf den Strand hinunter.

»Denkst du, Polly und Fritzchen kommen mit so vielen Hunden klar?«, fragte Josefine nach einem Blick auf den sehr gut besuchten Hundestrand.

»Lass uns lieber ein wenig am Deich entlangspazieren«, schlug Theda vor. »Ich wage es noch nicht, die beiden draußen von der Leine zu lassen. So vertraut sind wir noch nicht miteinander. Und angeleint sind sie schon ziemliche Großkotze. Könnte also Ärger geben.«

Also liefen die Freundinnen mit angeleinten Hunden den Weg zwischen Deich und Meer entlang bis zum Campingplatz *Camp Norddeich*, wo sie über den Deich zur Deichstraße hinuntergingen und sich langsam wieder auf den Rückweg machten.

Josefines Magen knurrte vernehmlich. Immerhin war sie früh aufgestanden und hatte außer einer Scheibe Toast mit Honig bisher nichts weiter gegessen.

Als sie an *Metas Musikschuppen* vorbeikamen, blieb Theda kurz stehen. Ein Lächeln breitete sich auf ihrem Gesicht aus. »Hier siehst du ein Stück meiner Vergangenheit«, berichtete sie Josefine. »Mein Mann und ich lernten uns 1964 hier kennen. War ein toller Schuppen und Meta Rogall, die Wirtin, der absolute Hammer. Otto Waalkes war hier tatsächlich mal für kurze Zeit DJ und wir haben tolle Live-Konzerte erlebt. Howard Carpendale, der damals übrigens noch Rockmusiker war, startete hier seine Karriere. Meta sorgte dafür, dass er eine Aufenthaltserlaubnis für Deutschland bekam.«

»Das hast du mir nie erzählt«, bemerkte Josefine erstaunt. »Ich will unbedingt mehr darüber wissen.«

Theda grinste. »Diesen Wunsch erfülle ich dir sehr gerne. Wahrscheinlich wirst du es noch bereuen, ihn geäußert zu haben.«

Lachend schlenderten die Freundinnen weiter und erreichten bald darauf ihren Bungalow.

Theda warf noch einen besorgten Blick zu Inskes Haus hinüber, dann folgte sie Josefine hinein.

Während Theda die Hunde fütterte, kümmerte sich Josefine um die Zubereitung von Spaghetti Carbonara und eine halbe Stunde später konnten sich die Frauen endlich dem Essen widmen.

Die Dämmerung brach herein, als sie gesättigt das Besteck auf ihre geleerten Teller legten. Inskes Ferienhaus und auch dessen Eingangstür waren jedoch vom Küchenfenster aus noch gut zu erkennen.

Theda stand auf, um Kaffee zu kochen. »Wir waren heute viel unterwegs und ich bin jetzt schon müde. Darum sollten wir besser noch einen Kaffee trinken.«

Josefine nickte und schaute auf ihr Smartphone. »Als ich Andreas Inskes und unsere Adresse schickte, waren die beiden gerade auf dem Weg zu Kuper. Zwar habe ich noch keine Nachricht von Andreas, ob sie ihn auch tatsächlich angetroffen haben, aber ich würde besser schlafen, wenn wir das Haus noch eine Weile beobachten.« Sie wühlte ein Feuerzeug aus ihrer überdimensionierten Handtasche und zündete die Kerze im Windlicht an, das auf dem Küchentisch stand.

Aus einer Tasse Kaffee wurden zwei, und während die Nacht hereinbrach, erzählte Theda von ihren Erlebnissen im von Meta Rogall 1960 eröffneten Tanzcafé *Haus Waterkant*, welches zum Beat-Club und später zur Disco wurde und das, weil jeder sagte ›Wir gehen zu Meta‹ und nicht ›Wir gehen ins Haus Waterkant‹, Mitte der 80er in *Metas Musikschuppen* umbenannt wurde.

Immer wieder schauten sie zum Ferienhaus hinüber, wo Inske, dem gedämpften hin und wieder flackernden Licht nach zu urteilen, inzwischen den Fernseher eingeschaltet hatte.

»Da!«, rief Josefine plötzlich aus. Es gab eine durch Bewegungsmelder gesteuerte Außenbeleuchtung, die sich gerade eingeschaltet hatte. Auch im Haus flammte Licht auf.

Theda und Josefine konnten die Silhouette einer offensichtlich männlichen Person vor der Haustür erkennen, außerdem Inskes Schatten, der das Wohnzimmer verließ.

»Die Hunde müssen doch sicher dringend noch mal raus.« Rasch stand Josefine auf und lief in den Flur.

Erfreut sprangen Polly und Fritzchen auf und liefen hinterher.

Auch Theda folgte ihr eilig.

Sie schlüpften in ihre Jacken, leinten die Hunde an und verließen schnell das Haus.

»Was willst du?«, klang Inskes Stimme durch die stille Straße. Selbst aus der Entfernung war die Unsicherheit darin zu hören.

Schon wollte Theda schneller gehen, um ihrer Großnichte zur Hilfe zu eilen, doch Josefine hielt sie zurück und so blieben sie in der nächsten Einfahrt stehen, vor Inskes Blick durch ein Gebüsch verborgen, um weiter zu lauschen.

Doch Inskes ungebetener Besucher sprach zwar hektisch auf die junge Frau ein, doch zu leise, um aus dieser Position zu hören, was genau er sagte. Zumindest aber schien es nichts Bedrohliches zu sein, denn Inskes Körperhaltung entspannte sich sichtlich, wie die beiden Beobachterinnen, durch das Gebüsch spähend, erkannten. Schließlich nickte sie, schaute nach rechts und links und bedeutete dem Mann dann, sie ins Haus zu begleiten.

Auch er schaute sich noch einmal um, was Theda und Josefine dazu veranlasste, sich noch etwas weiter in die Einfahrt zurückzuziehen. So sahen sie nicht mehr, wie er Inske ins Haus folgte.

»Wenn er ihr nun etwas antut?«, jammerte Theda leise.

»Wirkte die Situation denn irgendwie bedrohlich auf dich?«, fragte Josefine.

»Das nicht. Aber vielleicht ist er ein ausgezeichneter Schauspieler und wollte Inske nur dazu bringen, ihn hereinzubitten.«

Auch wenn Josefine das nicht glaubte, so bestand immerhin die Möglichkeit. Schließlich gingen sie davon aus, dass es sich bei dem Mann um Fabian Kuper handelte, dessen Freundin ermordet worden war; vielleicht sogar von ihm selbst.

»Dann lass uns in der Nähe bleiben und beobachten, wann er wieder aus dem Haus kommt, beziehungsweise ob wir verräterische Geräusche hören.«

Sofort marschierte Theda auf die Straße und in Richtung des Ferienhauses.

Josefine, die Pollys Leine hielt, musste wohl oder übel folgen, denn die Hündin beabsichtigte nicht, in der Auffahrt zurückzubleiben, und es war erstaunlich, über wie viel Kraft das doch recht kleine Tier verfügte. Während sie hinter Theda mit Fritzchen herlief, behielt Josefine das Wohnzimmerfenster im Blick und konnte darum sehen, wie sich dort zwei Schatten bewegten. Der eine gestikulierte mit den Händen, wohl, um seine Ausführungen zu verdeutlichen. Plötzlich hielt der Schatten inne und bewegte sich auf das Fenster zu. Der zweite Schatten folgte.

»Mist!«, fluchte Josefine, als auch die Gardine sich bewegte. »Sie haben uns gesehen!«, zischte sie Theda zu.

»Sollen Sie doch! Dann weiß er wenigstens, dass wir in der Nähe sind, und wird es nicht wagen, Inske auch nur ein Haar zu krümmen, sobald sie ihm gesagt hat, wer da vor ihrer Haustür Wache schiebt!«

Die Schatten zogen sich vom Fenster zurück und verschwanden dann aus dem Wohnzimmer.

»Was nun?« Angespannt wartete Theda, dass in einem anderen Raum Licht eingeschaltet wurde, doch es geschah nichts.

»Wir warten«, antwortete Josefine.

»Und wenn er … also, ich meine … anscheinend ist er ja derjenige, dem Inske so sehr hinterhertrauerte …«

»Vom moralischen Standpunkt aus gesehen eher verwerflich. Schließlich wurde seine Freundin erst heute Morgen tot aufgefunden. Grundsätzlich aber ungefährlich für Inske, denkst du nicht?«

Theda sagte nichts dazu. Im Licht der Straßenbeleuchtung erkannte Josefine die Meinung der Freundin zu diesem Thema aber deutlich in deren Gesichtszügen.

Nachdem sie eine halbe Stunde vor dem Haus auf und ab gelaufen waren und die Hunde bereits erste Anzeichen von Unmut über diesen überaus langweiligen Spaziergang zum Ausdruck brachten, sagte Josefine: »Vermutlich wird er bei Inske übernachten. Wollte er ihr etwas antun, wäre das wahrscheinlich sofort geschehen und sie hätten nicht mal die Gelegenheit gehabt, uns zu bemerken. Wir sollten zurückgehen. Selbst die Hunde sind genervt.«

Theda gab sich geschlagen. Trotz der Sorge um die Nichte hatte auch sie keine große Lust, die ganze Nacht vor dem Ferienhaus zu verbringen, und müde war sie inzwischen außerdem. »Aber morgen früh gehe ich rüber und frage sie, was da los war. Observierung ist echt nicht mein Ding.«

Kapitel 8

Inske Tammen erstarrte, als sie die Tür öffnete und Fabian Kuper vor ihr stand. Ihr erster Reflex war es, ihm die Tür vor der Nase zuzuschlagen, doch stattdessen fuhr sie ihn an: »Was willst du?«

»Nicht so laut!«, zischte Fabian ihr zu. »Oder willst du, dass die komplette Nachbarschaft gleich in den Fenstern hängt?«

Nein, das wollte Inske natürlich nicht, darum fragte sie leiser: »Hast du Fenja umgebracht?«

»Bist du irre? Ich bin vielleicht ein Arschloch, aber kein Mörder. Darf ich reinkommen? Die suchen nach mir. Bei meinen Eltern waren die Bullen schon.«

»Na, wenn du Fenja nicht ermordet hast, dann sag es den Bullen doch und renn nicht weg. Oder glaubst du, die denken: Och, wenn er wegläuft, dann muss er ja unschuldig sein?«

»Das war blöd, klar. Aber … ich hatte … also …«

»Du hattest einen Haufen Drogen in deinem Zimmer, den du aus dem Haus bringen musstest«, vermutete Inske.

Fabian nickte. »Lässt du mich rein?«

Inske zögerte. Ihr Herz schrie: Ja, lass ihn rein! Doch ihr Verstand meldete nach wie vor die Bedenken an, die zu ihrer Trennung von Fabian geführt hatten. »Hast du die Drogen jetzt bei dir?«, fragte sie.

Fabian schüttelte den Kopf. »Ich würde das Zeug nicht in dein Haus bringen, das weißt du.«

Das Herz gewann. »Okay, komm rein. Aber wenn du nur den Versuch machst, mich anzufassen, fliegst du achtkantig wieder raus. Ist das klar?« Inske wandte sich um und ging voraus bis ins Wohnzimmer. »Also, was ist passiert? Was weißt du über Fenjas Tod?«

»Ich bin nicht sicher«, druckste Fabian herum. »Aber ich versichere dir, dass ich nichts mit ihrem Tod zu tun habe. Ganz im Gegenteil hatte ich sie sogar gewarnt!«

»Gewarnt? Wovor?«

Fabian warf einen unruhigen Blick zum Fenster.

»Nun red schon!«

»Hat Inske dir erzählt, dass sie ihre biologische Mutter gefunden hat?«

»Sie erzählte in der Station, dass sie jemanden aus ihrer Verwandtschaft gefunden hat. Sie war adoptiert?«

»Muss sie ja wohl, wenn sie ihre leibliche Mutter gefunden hat.«

»Aber das war doch toll. Ganz besonders, wo sie doch ihre Eltern gerade auf so schreckliche Weise verloren hatte. Was gab's da zu warnen?«

Wieder der beunruhigte Blick zum Fenster. Diesmal ging Fabian hinüber. »Scheiße! Irgendjemand lungert auf der anderen Straßenseite herum und beobachtet dein Haus!«

Rasch trat Inske neben ihn. »Das gibt's ja nicht!«, stieß sie hervor und zog Fabian schnell vom Fenster weg.

»Sind das die Bullen?«, fragte er angespannt.

Inske stieß ein ärgerliches Lachen aus. »Sowas Ähnliches. Das ist meine Großtante mit ihrer besten Freundin. Die sind häufig privatschnüfflermäßig unterwegs. Ich wette, die haben sich in den Kopf gesetzt, auf mich aufzupassen, nachdem das mit Fenja passiert ist.«

»Fuck! Dann haben sie mich kommen sehen! Wissen die von mir?«

»Ähm … also … ja, ich habe deinen Namen erwähnt …«

»Dann muss ich hier wieder weg. Die verpfeifen mich doch garantiert!«

»Sag mir erst, was du über Fenjas Tod weißt! Dann kann ich sie dir vielleicht vom Hals halten! Oder sie können uns sogar helfen! Sie sind mit etlichen Bullen befreundet. Wovor hattest du Fenja gewarnt?«

Doch Fabian lief bereits aus dem Zimmer, um sich nach einer Hintertür umzusehen.

»Du bist mir eine Antwort schuldig!«, fauchte Inske.

Fabian hatte die Hintertür gefunden und drehte den im Schloss steckenden Schlüssel um. »Du willst Antworten? Dann komm mit.« Er sah Inske an. In seinem Blick lag eine Mischung aus Herausforderung und der unausgesprochenen Bitte, ihn nicht allein zu lassen.

Inske nahm ihre Jacke vom Garderobenhaken. »Okay, dann los, bevor Tante Theda einfällt, dass sie einen Schlüssel für dieses Haus hier besitzt.«

Im Schutze der Dunkelheit huschten sie durch die Gärten, kletterten über mehrere Zäune, bis sie zur Parallelstraße gelangten. Hier wähnten sie sich weit genug von Theda und Josefine entfernt, um sich nicht mehr durchs Gebüsch schlagen zu müssen.

»Ein Auto wäre toll«, seufzte Fabian. »Wir werden ein ordentliches Stück laufen müssen.«

»Kein Problem. Ich bin gut zu Fuß.«

Fabian führte Inske aus Norddeich hinaus und bog irgendwann von der Hauptstraße in einen asphaltierten Weg ab, der zwischen Wiesen und Feldern hindurch in die tiefe Dunkelheit führte. Nur die vereinzelt erleuchteten Fenster, die man in der Ferne sah, waren ein Hinweis darauf, dass sie sich zumindest noch in der Nähe menschlicher Behausungen befanden.

Inske wurde langsam müde. Die Aufregung, mit der dieser Tag schon am frühen Morgen begonnen hatte, forderte nun ihren Tribut. Auch wenn sie vorhin noch ein großes Maul gehabt hatte, wurde ihr nun klar, dass sie das Tempo, das Fabian vorlegte, nicht mehr lange würde mithalten können. Sie wagte nicht einmal mehr, ihn weiter nach Fenja und deren Mutter zu befragen, aus lauter Angst, der fürs Reden benötigte Atem würde ihr zum Laufen fehlen. Doch als Fabian in einen holprigen Feldweg abbog, rief sie: »Stopp! Wenn du weiter in diesem Tempo rennst, dann leg ich mich noch auf die Fresse. Was um alles in der Welt willst du hier?«

»Eine Vermutung überprüfen. Und wenn ich mit dieser Vermutung richtigliege, dann bin ich aus dem Schneider und wir können der Polizei Fenjas Mörder liefern.«

»Bist du irre?«, fuhr Inske auf. »Du führst mich allen Ernstes zum Haus eines potentiellen Mörders?«

»Blödsinn. Wir besuchen einen Kumpel, der uns hoffentlich weiterhelfen kann, weil er entsprechende Kontakte hat.

Außerdem wird uns dort niemand vermuten.«

»Du hast sie ja nicht alle!«

»Mir bleibt nichts anderes übrig. Ich kann meine Unschuld nur beweisen, wenn ich der Polizei den tatsächlichen Mörder nennen kann. Oder glaubst du, die Bullen lassen mich in Ruhe, wenn ich denen sage, dass ich zu der Zeit, als Fenja ermordet wurde, Drogen vertickt habe? Tut mir sehr leid, Herr Kommissar, aber leider kann ich dafür keine Zeugen benennen, weil sich meine Kunden grundsätzlich nicht mit Namen vorstellen. Sie müssen mir das schon so glauben.«

»Sie werden dir glauben. Schließlich gibt keiner freiwillig eine Straftat zu, um nicht für eine andere belangt zu werden«, behauptete Inske.

Fabian lachte spöttisch auf. »Nee, natürlich nicht. Wie naiv bist du eigentlich? Ist ja wohl ein kleiner Unterschied, ob ich ein bis zwei Jahre für Drogenhandel einfahre oder fünfzehn für Mord. Glaubst du wirklich, ich wäre der Erste, der darauf kommt? Das haben die Bullen garantiert schon häufiger erlebt.«

»Du hast recht. So weit hatte ich gar nicht gedacht. Aber wie willst du das denn anstellen? Also den Täter überführen, vorausgesetzt, er ist es wirklich?«

»Von Überführen habe ich nichts gesagt. Ich sagte, wir werden der Polizei den Namen des Mörders liefern. Selbst wenn der Täter, oder in diesem Falle die Täterin, noch nicht polizeibekannt ist, so werden ein paar handfeste Hinweise die Bullen garantiert dazu bewegen, ihr mal auf den Zahn zu fühlen. Vielleicht können wir ihr hinterherspionieren und ein paar Fotos machen. Auf jeden Fall weiß mein Kumpel, wo wir sie finden können.«

Inske atmete tief ein. »Okay, ich bin dabei. Aber nur unter einer Bedingung.«

»Als da wäre?«

»Wenn wir diese Scheiße hier hinter uns haben, dann stellst du dich der Polizei und übergibst ihnen die Drogen, die du noch hast. Ich wette, wenn du dich selbst stellst, kommst du mit einer Bewährungsstrafe davon. Und ich werde Doktor

Lienau anbetteln, dass er dir eine Chance in der Station gibt. Vielleicht kannst du ja sogar eine Ausbildung dort machen.«

Stille und Dunkelheit umgab die beiden, denn Fabian schwieg mehrere Minuten lang. Von weit her drang leise das Geräusch eines fahrenden Zuges durch die Nacht.

Endlich stieß Fabian geräuschvoll den Atem aus. »Was ist mit uns?«, wollte er wissen.

»Was soll mit uns sein?«

»Wenn ich tue, was du verlangst – bekomme ich noch eine Chance?«

»Darüber reden wir, wenn es so weit ist. Und jetzt komm. Besuchen wir deinen Kumpel.«

Seite an Seite gingen sie weiter und bald tauchten in der Dunkelheit die von der Außenbeleuchtung angestrahlten Umrisse eines Gebäudes auf.

Mit einem Mal packte Fabian Inske am Arm und hielt sie auf. »Warte!«, zischte er ihr zu.

»Was ist los?«, flüsterte sie zurück. »Hätten wir uns telefonisch anmelden sollen?«

»Siehst du die Autos da?«

»Sicher.«

»Das eine gehört ’nem Kumpel von Marc, aber das andere kenne ich auch und seinem Besitzer sollte ich besser nicht in die Arme laufen.«

»Na toll! Und nun?«

»Verstecken wir uns im Gebüsch und warten, bis die weg sind.«

Fabian nahm ihre Hand und führte sie dann vom Weg herunter, hinein in eine Wiese, die schon länger nicht mehr gemäht worden war. Das, was im schwachen Licht von dem Gebäude zu erkennen war, wies ebenfalls auf Vernachlässigung und Verfall hin. Allem Anschein nach wurde der Hof nicht mehr oder ausgesprochen schlecht bewirtschaftet.

Als sie die Mauer des Wohnhauses erreichten, fühlte Inske sich ein wenig besser. Hier hatten sie zumindest etwas Deckung und würden nicht sofort gesehen, sollte jemand mit einer Taschenlampe die Umgebung ableuchten. Zumindest hoffte sie das.

Vorsichtig schlichen sie an der Wand entlang, bis sie das Fenster des ersten beleuchteten Zimmers erreichten.

Inske blieb in Deckung, während Fabian, der ein gutes Stück größer war als sie, versuchte, zum Fenster hinein zu spähen. Glücklicherweise waren die Vorhänge ebenso heruntergekommen wie der Rest des Hauses, und so konnte er durch die von Motten in den Stoff gefressenen Löcher sehen, dass mehrere Männer um den Küchentisch herumsaßen.

»Fuck!«, stieß Fabian einen leisen Fluch aus.

»Was ist los?«

»Da drinnen sitzen etliche Jahre Knast zusammen.«

»Was treiben die denn da?«

»Alles Mögliche. Vom Drogenhandel bis zur Waffenschieberei dürfte alles dabei sein.«

»Daher weißt du, wer die Typen sind. Du hast schon Drogen für sie verkauft.«

»Nur einmal. Das hat mir gereicht. Normalerweise arbeite ich ausschließlich mit Marc zusammen. Keine Ahnung, was er jetzt mit denen zu schaffen hat. Die spielen nicht in meiner und auch nicht in Marcs Liga. Da geht's nicht um ein paar Gramm Haschisch. Die wollten, dass ich für sie Meth verticke.«

»Und die haben dich einfach gehen lassen, als du Nein gesagt hast?«

»Was glaubst du wohl, warum ich mich zurzeit nirgendwo mehr sehen lasse? Darum hatte ich mich doch die ganze Zeit bei Fenja verkrochen. Die wissen, wo ich wohne. Das Haus meiner Mutter habe ich in letzter Zeit nur durch ein Fenster betreten und mir zweimal fast den Hals dabei gebrochen.«

Inske sagte nichts darauf, dafür erhöhte ihr Herz seine Schlagzahl. Wenn Fabian solche Angst vor diesen Kerlen hatte, dass er es nicht einmal mehr wagte, sein Zuhause durch die Haustür zu betreten, dann sollten sie sich vielleicht aus dem Staub machen, solange das noch möglich war.

Fabian streckte die Hand aus. »Gib mir dein Handy. Meins habe ich in der Eile zu Hause liegen lassen.«

»Willkommen im Club der Handylosen. Meins liegt im Wohnzimmer.«

»Was?« Fabian fuhr zu Inske herum. »Du hast kein Handy bei?«

»Du doch auch nicht!«, flüsterte sie zurück. »Und wo du gerade das Wort Eile nanntest – du hast mich doch regelrecht aus dem Haus gejagt. Da hab ich's vergessen.«

»Verfluchte Scheiße! Vielleicht haben die alle mit Fenjas Tod zu tun! Wenn wir nicht mit Marc sprechen können, sind wir völlig umsonst hierher gelatscht!«

Erschrocken fuhren die beiden zusammen, als hinter ihnen jemand sagte: »Das sehe ich etwas anders.«

Der Lichtstrahl einer starken Taschenlampe blendete die jungen Leute.

»Los! Herkommen! Und falls ihr darüber nachdenkt, abzuhauen – ich richte gerade eine Waffe auf euch.«

Am ganzen Leibe zitternd und gegen das grelle Licht anblinzelnd, tat Inske, was der Mann verlangte.

Kapitel 9

Als Josefine aufwachte, war es noch dunkel. Die Leuchtziffern des Weckers auf dem Nachttisch zeigten 6 Uhr 23 an. Eigentlich noch viel zu früh, um aufzustehen, zumal sie sehr schlecht geschlafen hatte und mehrfach wach geworden war. Zweimal war sie in die Küche hinuntergeschlichen, um nachzusehen, ob das Licht in Inskes Wohnzimmer noch brannte. Sie hatte sich einzureden versucht, dass die jungen Leute eingeschlafen waren und wohl einfach nur vergessen hatten, das Licht zu löschen. Doch ihr Bauchgefühl beharrte darauf, dass dem nicht so war und es einen anderen Grund für die nicht ausgeschaltete Beleuchtung gab, was vermutlich die Ursache für den unruhigen Schlaf gewesen war. Womöglich hätten sie doch am Abend bei Inske klingeln sollen, selbst wenn das ein eindeutiger Eingriff in die Privatsphäre der jungen Frau gewesen wäre und das Verhältnis zwischen Tante und Nichte vermutlich für eine Weile belastet hätte.

Josefine warf die Bettdecke zur Seite und schwang die Beine aus dem Bett. Sie würde ohnehin nicht wieder einschlafen können. Rasch ging sie ins Bad, duschte und zog sich an. Wenig später schlich sie durch den Flur, um Theda und die Hunde nicht zu wecken. Die Mühe war jedoch umsonst, denn die Freundin war bereits in der Küche und fütterte die Hunde. Mit besorgter Miene schaute sie Josefine an. »Das Licht brennt immer noch. Zwar habe ich mir anfangs einzureden versucht, dass sie einfach nur vergessen haben, es auszumachen, doch heute Nacht ist meine Fantasie mit mir durchgegangen und nun mache ich mir ernsthafte Sorgen.«

»Sobald die Hunde gefressen haben, gehen wir rüber und klingeln Sturm. Schlimmstenfalls ist Inske eine Weile stocksauer auf dich, aber wenigstens kannst du dich dann wieder beruhigen.« Dass sie sich selbst inzwischen Sorgen machte, verschwieg Josefine vorsichtshalber.

Theda hatte sogar schon Kaffee gekocht. Offenbar hatte Josefine doch noch etwas Tiefschlaf gefunden, andernfalls hätte sie das Gluckern der Maschine hören müssen. Dennoch fühlte sie sich nicht ausgeruht und nahm dankbar die mit Kaffee gefüllte Tasse von Theda entgegen.

Sobald die Hunde ihre Schüsseln und die Frauen ihre Tassen geleert hatten – wobei Ersteres erheblich schneller vonstattenging –, nahmen sie ihre Jacken, leinten die Hunde an und verließen das Haus.

Fritzchen machte eine Vollbremsung und stemmte alle vier Pfoten auf den Boden, um Theda daran zu hindern, wieder in diese Richtung zu gehen. Ganz offensichtlich befürchtete der Hund, dass sie schon wieder vor dem Haus auf und ab laufen würden.

Fast hätte Josefine gelacht, als sie die Entschlossenheit in Fritzchens Blick sah. »Du wirst ihn tragen müssen. Der läuft keinen Meter weiter in diese Richtung.«

Zu diesem Schluss war Theda auch gerade gelangt. Kurzentschlossen nahm sie Fritzchen hoch und marschierte weiter.

Polly folgte ohne Protest.

Theda fackelte nicht lange und klingelte sofort Sturm, als sie die Tür erreicht hatte.

Nichts rührte sich im Inneren des Hauses.

Sie malträtierte den Klingelknopf ein zweites und drittes Mal, doch Inske öffnete nicht. »Jetzt reicht's mir!« Theda setzte Fritzchen auf den Boden, kramte in ihrer Jackentasche herum und zog ein Schlüsselbund daraus hervor.

»Du hast einen Schlüssel für das Haus?«, fragte Josefine.

»Sicher. Es gehört mir doch. Also mir und dem Rest der Familie. Wir haben alle einen Schlüssel. Es war ein Familienbeschluss, Inske das Haus während ihrer Praktikumszeit in der Seehundstation zur Verfügung zu stellen.« Sie schloss die Tür auf, trat einen Schritt in den Flur und rief: »Inske? Ich bin's, Theda! Ich will nur wissen, ob es dir gut geht!«

Angespannt warteten die Frauen auf eine Antwort, die jedoch nicht kam.

»Inske! Ich meine es ernst!«, brüllte Theda nun, doch auch jetzt erfolgte keine Reaktion. »Okay, ich komme jetzt rein!«, drohte Theda und machte diese Drohung umgehend wahr. Sie lief den Flur entlang und öffnete alle geschlossenen Türen.

Josefine war ebenfalls eingetreten und schloss die Tür hinter sich.

»Sie ist weg!« Theda kam zurück, warf einen Blick auf die Garderobenhaken und schaute Josefine dann besorgt an. »Ihre Jacke ist auch weg.«

»Gibt es eine Hintertür?«, erkundigte sich Josefine.

Theda nickte und machte sich sofort auf den Weg dorthin. »Nicht abgeschlossen«, stellte sie fest.

»Also haben die beiden uns gestern Abend bemerkt und sind durch die Hintertür entwischt«, vermutete Josefine. Sie ging zum Wohnzimmer und schaute hinein. »Und ganz offensichtlich hatten sie es eilig, denn Inske hat ihr Handy liegen lassen.«

»Aber warum nur?«

»Da bin ich überfragt. Aber ich denke, wir sollten Ralf und Andreas informieren.«

»Oh, sorry, habe ich dich geweckt?«, fragte Thorsten Broers, als er die recht verschlafen klingende Stimme von Andreas Coordes am Telefon vernahm.

Andreas lachte. »Nein, keine Sorge. Vor dem fünften Kaffee höre ich mich immer so an. Was gibt's?«

»Wir haben gestern einen Teil der gefundenen Papiere mitgenommen, damit wir sie in Ruhe sichten können. Und ich habe etwas gefunden, was euch interessieren dürfte.«

»Bitte keine Cliffhanger am frühen Morgen. Rück's einfach raus.«

Nun war es der Kriminaltechniker, der lachte. Dann berichtete er: »Wir haben ein Testament gefunden, das, sollte es sich als echt erweisen, vor zwei Wochen von Fenja Lammers verfasst wurde.«

»Ist nicht wahr! Der Familiennotar sagte, er habe ihr angeraten, das zu tun, sie sei diesem Rat aber bisher nicht gefolgt.«

»Nun, offensichtlich weiß der Herr Notar nicht alles. Es gibt nur eine Begünstigte: Antje Siemers heißt die Dame. Wohnhaft in Norden.« Broers gab dem Kollegen die Anschrift durch. »Und eine Telefonnummer haben wir auch noch. Das gefundene Handy gehörte tatsächlich Fenja Lammers und ihre letzten Kontakte waren Antje Siemers und Fabian Kuper.«

»Super! Das wird die Verwandte sein, von der zwei Zeugen berichteten.«

»Wollt ihr Kupers Nummer auch?«

»Die nützt uns leider nix. Sein Handy liegt zu Hause bei Muttern, aber danke.«

»Da nich für. Wir sehen uns.«

Sofort rief Andreas Ralf Thoben an, um ihm die Neuigkeit mitzuteilen.

»Das erspart uns ’ne Menge Sucherei. Klasse!«, freute sich auch Ralf. »Fahren wir dann zuerst zu Frau Siemers oder sprechen wir mit Herrn Fetting?«

Andreas schaute auf die Küchenwanduhr. »Vermutlich ist Frau Siemers längst auf der Arbeit, wenn wir in Norden eintreffen. Von daher würde ich sagen, wir fahren erst mal zur Station.«

»Okay. Ich fahre sofort los und hole dich ab.«

»Thorsten hat etwas gefunden?«, mutmaßte Heike Coordes, die einen Teil des Gesprächs mitbekommen hatte. »Kann ich schon etwas recherchieren?«

Andreas nickte. »Schau doch bitte, was du zu Antje Siemers finden kannst. Adresse schicke ich dir aufs Handy.«

»Klar, mache ich.« Sie küsste ihren Mann. »Dann bis nachher, Schatz.«

Kaum hatte Heike die Haustür hinter sich zugezogen, da kündigte Andreas’ Telefon einen Anruf von Josefine mit der Titelmusik von »Miss Marple« an.

»Josefine! Schon wach?«, begrüßte der Hauptkommissar die Freundin überrascht.

»Inske ist verschwunden!«, platzte Josefine sofort heraus. »Und sie ist höchstwahrscheinlich mit Fabian Kuper unterwegs. Wir machen uns riesengroße Sorgen.« Mit wenigen Worten schilderte sie Andreas, was vorgefallen war.

»Mist!«, fluchte Andreas. »Handyortung können wir also knicken, denn auch Kuper hat sein Telefon nicht dabei. Und ich nehme an, ihr habt keine Idee, wo wir mit der Suche nach Inske anfangen könnten?«

»Leider nein. Wir sind absolut ratlos.«

»Gut. Ich lasse die beiden zur Fahndung ausschreiben. Eine andere Möglichkeit sehe ich gerade nicht. Sind sie mit einem Fahrzeug unterwegs?«

»Kann ich auch nicht sagen. Kuper ist zu Fuß gekommen, aber es ist ja durchaus möglich, dass er weiter entfernt vom Haus ein Fahrzeug abgestellt hatte.«

»Seid ihr noch in dem Ferienhaus?«

»Ja.«

»Dann macht euch nützlich und seht euch um. Vielleicht findet ihr ja einen Hinweis, wo Inske und Kuper sich aufhalten könnten.«

»Machen wir. Ich melde mich, sollten wir etwas finden.«

»Dito.«

Verdammt! Was war das jetzt für ein Mist? Hatte Kuper Inske entführt oder war sie freiwillig mit ihm gegangen? Laut Josefine hatte es nicht so ausgesehen, als ob der junge Mann Thedas Nichte zu irgendetwas nötigte, doch konnte niemand sagen, was hinter der geschlossenen Tür vorgefallen war. Seine Euphorie über die Testamentsnachricht war wie weggeblasen. Alle Hinweise führten immer wieder zu Fabian Kuper.

»Wir müssen die Mitarbeiter der Seehundstation noch mal nach Fabian Kuper befragen«, sagte Andreas, als er zu Ralf in den Dienstwagen stieg. Rasch erzählte er von dem Telefonat mit Josefine.

»Du denkst, der oder die eine oder andere könnte bei Kuper mal 'nen Joint gekauft haben und behauptete darum, ihn nicht zu kennen?«, vermutete Ralf.

»Bitte! Können wir diesen Gendermist unter uns und vor allen Dingen am frühen Morgen unterlassen?«

Ralf grinste. »Ich wollte nur testen, ob du schon wach genug bist.«

»Spaßvogel! Aber ja, ich könnte mir gut vorstellen, dass man die Bekanntschaft mit einem Drogendealer leugnet.«

»Sie haben die Kollegen doch mit Visitenkarten ausgestattet«, bemerkte Tim Fetting, nachdem die Kommissare ihren Wunsch geäußert hatten, noch einmal mit den Mitarbeitern der Seehundstation zu sprechen. »Die hätten sich schon bei Ihnen gemeldet, wäre ihnen noch etwas eingefallen.«

»Das mag sein oder auch nicht, Herr Fetting.« Andreas' Laune befand sich immer noch auf dem morgendlichen Tiefststand. »Aber mit Ihnen hatten wir uns gar nicht länger unterhalten. Darum an Sie die Frage: »Kennen Sie Fabian Kuper, Fenja Lammers' Freund?«

»Nein, ich kenne ihn nicht persönlich, aber sein Ruf ist mir durchaus bekannt. Und ich gehe davon aus, dass es Kollegen gibt, die Fenja vor ihm warnten.«

»Könnten Sie diese Kollegen namentlich benennen?«

»Falls Sie unterstellen, dass hier irgendjemand mit Drogen zu tun hat, kann ich Ihnen gleich sagen, dass Sie sich auf einer völlig falschen Fährte befinden. Für so einen Dreck haben wir überhaupt keine Zeit und schon gar kein Interesse daran.«

»Niemand unterstellt hier irgendjemandem irgendetwas«, versuchte Ralf, die sich aufschaukelnden Wogen zu glätten. »Aber wir alle kennen doch Menschen, die wir eigentlich lieber nicht kennen würden, oder?«

Fetting schaute den Kommissar für einen Moment nachdenklich an, dann nickte er. »Ich sage Jaqueline Bescheid, dass Sie mit ihr sprechen wollen. Soweit ich weiß, hatte eine ihrer Freundinnen näher mit Kuper zu tun. Warten Sie doch im Seminarraum.«

Andreas bedankte sich und die Kommissare suchten den Raum auf, während der Tierpfleger ging, um die Kollegin zu holen.

»Moin«, grüßte Jaqueline, als sie eintrat. »Sie wollen etwas über Fabian Kuper wissen, sagte Tim.«

Ralf nickte. »Nehmen Sie doch bitte Platz.«

»Ich habe nichts mit Drogen am Hut, das sage ich Ihnen gleich«, begann Jaqueline. »Aber eine ehemalige Freundin. Daher kenne ich den. Tut mir leid, dass ich das nicht gestern schon erzählt habe.«

»Könnten Sie sich vorstellen, dass Kuper Fenja ermordet hat?«, wollte Andreas wissen.

Jaqueline zuckte mit den Schultern. »So gut kenne ich ihn nicht. Eigentlich machte er sogar einen sehr netten Eindruck auf mich, bis ich erfuhr, was der so treibt. Vielleicht im Streit? Dass er ein hinterhältiger Mörder ist, glaube ich eher nicht.«

»Hätten Sie eine Idee, wo Kuper sich verstecken könnte?«

»Fragen Sie Svenja. Svenja Holtkamp. Das ist die ehemalige Freundin. Wenn Ihnen jemand weiterhelfen kann, dann sie.« Sie nannte Svenja Holtkamps Adresse.

Ralf war schon aufgestanden. »Vielen Dank, Frau Schaller. Sie haben uns sehr geholfen.«

Zurück im Auto schüttelte Ralf den Kopf.

»Was ist los?«, wollte Andreas wissen.

»Der Fetting! Der hat's schon wieder geschafft, sich vor einer intensiveren Befragung zu drücken.«

»Der läuft uns ja nicht weg. Und wirkt er auf dich wie jemand, der so dämlich ist und eine Kollegin am Arbeitsplatz umbringt?«

»Na, vielleicht ist genau das der Trick, uns aufs Glatteis zu führen. Wäre ja nicht das erste Mal«, gab Ralf zu bedenken. »Schließlich kam von ihm auch der Hinweis auf die Leiter.«

»Trotzdem kümmern wir uns jetzt erst mal um Kuper, schon damit wir Thedas Nichte finden. Sollte sich herausstellen, dass Fabian doch nur der nette, mit Drogen handelnde Junge von nebenan ist, dann können wir uns immer noch um Fetting kümmern.«

Kapitel 10

Schweren Herzens hatte Theda sich dazu entschlossen, ihre Familie darüber zu informieren, dass Inske vermisst wurde. Inskes Eltern rief sie jedoch nicht an, da diese sich auf einer Auslandsreise befanden. Zudem waren sie mit dem Auto unterwegs und sie hatte Sorge, dass eine überstürzte Heimreise womöglich zu einem Unfall führen könnte, was sie so auch den anderen Verwandten mitteilte, damit nicht am Ende einer von ihnen Okko und Sabine Tammen benachrichtigte.

Nun saß sie am Küchentisch der Ferienwohnung und telefonierte mit sämtlichen Bekannten in Norden und Norddeich, in der Hoffnung, irgendeiner hätte die beiden jungen Leute gesehen oder könnte einen Hinweis zu deren Verbleib geben. Zwar zeigte sich jeder Angerufene über die von Theda geschilderten Ereignisse schockiert, doch niemand konnte weiterhelfen.

»Jetzt machen wir etwas, das schon längst hätte geschehen sollen«, verkündete Josefine plötzlich.

»Nämlich was?«, fragte Theda.

»Wir fahren zu Fenja Lammers' Haus und befragen die Nachbarn.«

»Haben Andreas und Ralf das nicht schon längst getan oder veranlasst?«

»Gesagt haben sie nichts. Und selbst wenn – du weißt doch, dass die Nachbarn zwei alten Tratschtanten gegenüber viel offener sind, als wenn die Polizei sie befragt.«

»Weißt du denn, wo Fenja lebte?«

»Ich war doch schon einmal mit Ralf und Andreas dort. Bestimmt finde ich es wieder.«

Die Hunde wedelten begeistert, als Theda sie nacheinander in den Kennel in Josefines Wagen hob. Eine Fahrt mit dem Auto bedeutete auf jeden Fall, nicht wieder durch diese langweilige Straße laufen zu müssen, in der sie inzwischen jede Vorgartenpflanze am Straßenrand dreimal beschnüffelt hatten.

Auch Theda bestaunte das schöne Haus, in dem die Familie Lammers gelebt hatte, nachdem Josefine den Leichenwagen in der Auffahrt geparkt hatte und sie ausgestiegen waren.

»Viele Nachbarn gibt's hier aber nicht«, stellte Theda fest und setzte Polly am Rand des angrenzenden Grünlands ab. In Sichtweite lagen zwei weitere Höfe, sonst gab es nichts, soweit das Auge reichte. »Und vermutlich haben nicht mal die paar Leute die Familie näher gekannt.«

»War mir gar nicht aufgefallen, als ich zum ersten Mal hier war, aber das erklärt natürlich, warum Ralf und Andreas den Nachbarn keine größere Bedeutung beigemessen haben. Wir versuchen es trotzdem. Jetzt sind wir schon mal hier und die Hunde brauchen Bewegung. Also lass uns hinlaufen.«

Auf halber Strecke wurden sie von einer Fahrradfahrerin eingeholt. Die etwa Fünfzigjährige fuhr ein Stück an ihnen vorbei und hielt dann an. »Moin. Kommen Sie gerade vom Lammershof?«

»Moin, ja, da kommen wir her.«

»Ist Fenja was passiert? Da steht ein Leichenwagen in der Auffahrt.«

»Sie kennen Fenja näher?«, fragte Josefine, ohne auf den angesprochenen Leichenwagen einzugehen.

»Das arme Mädchen. Beide Eltern auf einen Schlag verloren. Hab öfter mal nach ihr gesehen oder ihr etwas zu essen gebracht. Ich koch ja sowieso jeden Tag. Ob für einen mehr spielt da keine Rolle. Wäre ganz furchtbar, wenn ihr jetzt auch was zugestoßen ist!«

Josefine wechselte einen Blick mit Theda. Die Frau hier so mitten auf der Straße über Fenjas Tod zu informieren, hielt keine der beiden für eine gute Idee, aber weder Josefine noch Theda hatte eine Ausrede parat. Und wahrscheinlich stand es ohnehin heute in der Zeitung.

Doch sie mussten gar nichts sagen. Offensichtlich hatte die Frau an ihren Reaktionen erkannt, dass etwas Schlimmes geschehen war.

»Was ist passiert?«, wollte sie wissen.

»Es tut mir sehr leid, Ihnen das sagen zu müssen, aber Fenja wurde gestern Morgen tot aufgefunden.«

»Oh mein Gott!« Fast hätte die Frau ihr Rad fallen lassen. »Hat dieser Scheißtyp ihr Drogen gegeben?«

»Von welchem Scheißtyp reden sie?«, hakte Josefine nach.

»Na, Fabian Kuper. Der hing doch andauernd bei ihr rum. Und dass der dealt, das weiß doch hier jeder. Keine Ahnung, warum der nicht im Knast sitzt. Ich hab ihr zigmal gesagt, sie soll die Finger von ihm lassen. Klar, der ist ein hübscher Bengel und auch sehr charmant, aber eben auch ein Krimineller. Und nun sieht man ja, wohin das geführt hat.«

Gerade wollte Josefine eine weitere Frage stellen, da sagte die Frau plötzlich: »Oder war es diese Frau, die in letzter Zeit häufiger bei Fenja war? Angeblich eine Verwandte. Aber glauben Sie mir, ich kannte die Lammers mein Leben lang. Die hatten keine weiteren Verwandten. Die entstammten beide einer langen Linie von Einzelkindern. Was es da noch an Verwandtschaft gab, liegt längst auf irgendeinem Friedhof.«

»Und Fenja hat Ihnen nie etwas über diese Frau erzählt?«

»Nein.« Sie schickte sich an, wieder aufs Rad zu steigen. »Ich muss dann auch mal wieder.«

»Könnte einer der Nachbarn mehr über die Frau wissen?«, hielt Theda sie auf. »Oder wissen Sie vielleicht, wo Fabian Kuper sich vor der Polizei verstecken würde?«

»Denken Sie nicht, Sie sollten das der Polizei überlassen?«, fragte die Frau argwöhnisch.

Theda wies auf Josefine. »Meine Freundin arbeitet mit der Polizei zusammen.«

Der Blick der Radfahrerin wurde noch skeptischer.

»Ich bin beratend tätig«, erklärte Josefine rasch. »Und natürlich geben wir Informationen, die wir erhalten, direkt an die Polizei weiter.«

Die Frau wies in Richtung der beiden Häuser. »Nun, die Nachbarn sind alle mit mir verwandt. Was ich nicht weiß, wissen die auch nicht.« Sie schaute Josefine nachdenklich an. »Es gibt da einen verlassenen Bauernhof. Ist so ’ne Erbschaftssache. Während die sich seit Jahren ums Erbe kloppen, verfällt die Bude immer mehr. Aber egal. Die Kinder der Umgebung haben früher gerne dort gespielt, aber nun hängen da immer so ein paar suspekte Typen rum, mit denen ich Fabian auch schon gesehen habe. Vielleicht … Aber, nee, da wäre ja die Polizei auch schon drauf gekommen, oder?«

»Ja, wahrscheinlich«, stimmte Josefine zu, dachte aber bei sich, dass die Polizei womöglich gar nichts von diesem Hof wusste, sollte sie nicht schon irgendwann von ruhegestörten Nachbarn dorthin beordert worden sein. Und falls dieser Hof ähnlich einsam lag wie die Häuser hier, war bisher niemand gestört worden. Darum erkundigte sie sich, wo dieser Hof zu finden war.

Die Frau nannte die Adresse und beschrieb den Weg. »Vielleicht ist es ja wirklich besser, man hakt da noch mal nach, ob die Polizei sich dort schon umgesehen hat.«

Josefine bedankte sich, die Frauen verabschiedeten sich voneinander und die Radfahrerin radelte davon.

Sobald die Hunde ihr Geschäft verrichtet hatten, kehrten die Freundinnen um und gingen zum Auto zurück.

»Du willst doch jetzt nicht zu diesem Bauernhof fahren, oder?«

»Die Hunde könnten erheblich mehr Bewegung vertragen. Und es ist ja nicht verkehrt, sich dort einmal umzusehen. Wenn Inske und Fabian dort sind, werden wir das schon irgendwie herausfinden.«

»Wenn Fabian sich in zwielichtigen Kreisen bewegt, könnte das aber mächtig in die Hosen gehen«, mahnte Theda.

»Theda, das hier ist Norden, nicht die Bronx.«

»Zwielichtige Typen sind gefährlich, hier wie da«, behauptete Theda.

»Okay, wir sehen uns da mal um, und wenn es dir zu zwielichtig erscheint, schicken wir Ralf und Andreas hin.«

»In Ordnung.«

Sie benötigten nur wenige Minuten, bis sie den von der Nachbarin beschriebenen Weg erreichten.

»Ich denke, wir stellen das Auto hier ab und laufen mit den Hunden«, schlug Josefine vor. »Mit dem Mercedes dort aufzukreuzen wäre dann doch etwas zu auffällig.«

Polly und Fritzchen zeigten sich begeistert über den neuerlichen Spaziergang. Der vorherige war für ihren Geschmack doch ein wenig kurz ausgefallen, zudem hatten sie mehr in der Gegend herumgestanden, als dass sie gelaufen waren.

»Das muss der Hof sein, von dem die Frau sprach«, bemerkte Theda kurze Zeit später und wies auf ein Gebäude, das nun zwischen alten Eichenbäumen zu sehen war. »Und was hast du jetzt vor?«

»Ich würde sagen, wir lassen den Wagen hier stehen und spazieren einmal dran vorbei, um einen ersten Eindruck zu gewinnen. Dann sehen wir weiter.«

Theda stimmte zu und die Freundinnen bewegten sich im Schlenderschritt weiter, sodass jeder Beobachter denken musste, zwei Seniorinnen führten ihre Hunde spazieren.

»Ganz schöne Bruchbude«, flüsterte Theda Josefine zu, als sie den kompletten Hof sehen konnten. »Hätte nie gedacht, dass dort noch jemand wohnt.«

Auch Josefine betrachtete nun das moosbewachsene, teils eingefallene Dach des Wohnhauses. Etliche Fenster waren zerbrochen und an zweien wehten zerfetzte Vorhänge in der morgendlichen Brise. Die Mauern waren mit schlechten Graffitis besprüht worden. Von mehreren kleineren Nebengebäuden standen nur noch Ruinen, in deren Mitte sich ausrangierte Möbel und Kleinteile aus Haushalt und Stall stapelten. Vor dem Haus jedoch waren zwei chromblitzende Sportwagen geparkt, die so gar nicht in das Bild passten.

Um nicht doch noch aufzufallen, gingen die Frauen weiter.

»Hier auf und ab zu rennen bringt uns aber auch nichts«, unkte Theda, als sie den Hof hinter sich gelassen hatten. »Wie sollen wir auf diese Weise erfahren, ob Inske hier ist?«

Josefine nickte. »Lass uns wieder zurückgehen. Ich werde einfach mal klingeln und fragen, ob ich die Toilette benutzen darf. Alte Frau mit schwacher Blase, du verstehst?«

»Bist du sicher, dass du das riskieren willst? Sollen wir nicht lieber Ralf und Andreas bitten, hier mal zu läuten?« Theda gefiel dieser Plan ganz und gar nicht. Zwar wollte sie unbedingt wissen, ob Inske dort war, und sie gegebenenfalls herausholen, andererseits behagte es ihr nicht, dass Josefine sich so leichtfertig in Gefahr begab. Immerhin bestand die Möglichkeit, dass Inske dort von einem mehrfachen Mörder festgehalten wurde.

»Du bleibst mit den Hunden hier. Und sollte ich nicht in wenigen Minuten wieder zurück sein, setzt du dich ins Auto und verschwindest. Sobald du außer Sicht bist, alarmierst du Andreas.«

»Das ist überhaupt keine gute Idee.« Nicht nur, dass Theda jetzt wirklich Angst bekam, sie war es auch nicht gewohnt, einen so großen Wagen zu fahren.

Doch Josefine war fest entschlossen und drückte der Freundin kurzerhand Pollys Leine und den Autoschlüssel in die Hand. Bevor Theda noch etwas sagen konnte, marschierte sie in den Hof hinein, an den Autos vorbei und zur Haustür, wo sie die Klingel betätigte.

Theda nahm die Leinen kurz und zog sich mit den Hunden ein wenig hinter die Bäume zurück, sodass derjenige, der die Haustüre öffnete, sie nicht sofort sehen würde, sie aber die Tür gut beobachten konnte.

Fast hätte sie aufgeschrien, als plötzlich ein Mann aus einem Winkel auftauchte, den sie vom Weg aus nicht hatten einsehen können. Ganz offensichtlich hatte auch Josefine ihn nicht bemerkt, als sie an ihm vorbeigelaufen war. Er hielt eine Waffe in der Hand.

Josefine schien etwas gehört zu haben, denn nun drehte sie sich um. Entsetzt beobachtete Theda, wie die Freundin auf die Waffe schaute, die auf sie gerichtet war.

Mit rasendem Herzschlag wartete sie ab, was als Nächstes geschah.

Der Mann sagte irgendetwas zu Josefine, die sich daraufhin zur Tür umdrehte und die Klinke herunterdrückte. Als sie und der Mann im Haus verschwanden, fuhr Theda herum und lief zum Auto zurück. Die Hunde beschleunigten das noch etwas, denn sie hielten alles für ein lustiges Spiel, legten sich in die Leinen und zerrten Theda mit sich.

Kaum hatte sie das Auto erreicht und Polly hineingehoben, hörte sie plötzlich jemanden rufen: »Hey! Bleib stehen, Alte!«

Hastig stopfte sie auch Fritzchen in den Kennel, schlug die Hecktüren zu und sprang selbst ins Auto. Vor lauter Hektik brauchte sie mehrere Sekunden, den Schlüssel einzustecken. Als der Motor endlich ansprang, waren die zwei Männer, die sie verfolgten, nur noch wenige Meter entfernt. Einer hielt eine Pistole in der Hand.

Es knirschte ein wenig im Getriebe, als Theda den Rückwärtsgang einlegte. Dann trat sie voll aufs Gas und der alte Mercedes schoss nach hinten.

Gleichzeitig schoss auch der voranlaufende Mann.

Ein lautes Krachen am Auto und Theda verlor die Kontrolle. Rückwärts donnerte der Leichenwagen vom Weg ab und in den Acker hinein, wo sie den Motor abwürgte.

Im Heck kläfften die Hunde.

Nun hatten die Männer das Auto erreicht. Der mit der Waffe riss die Fahrertür auf und richtete die Pistole auf Theda. »Los! Aussteigen!«

Polly und Fritzchen knurrten furchterregend.

»Was ist mit den Kötern?«, fragte der andere Mann.

»Die bleiben hier drin. Was denkst du denn?«

»Ich … ich war nur mit den Hunden hier spazieren …«, stammelte Theda.

»Klar, genauso wie deine Freundin. Warum rennst du weg, wenn du hier nur spazieren gehst? Was für Typen seid ihr? Macht ihr einen auf Miss Marple, oder was? Los jetzt, beweg dich.«

Theda betete, dass jemand den Wagen entdecken möge, während sie vor den Männern her zum Hof zurückging.

Kapitel 11

Elke Kuper fühlte sich völlig gerädert, als sie nach einer äußerst unruhigen Nacht in ihrer Küche saß und den fehlenden Schlaf mit Kaffee zu kompensieren versuchte.

Wo war Fabian? Und konnte er wirklich etwas mit dem Tod der jungen Frau zu tun haben? Fenja Lammers, die Tochter von Wilko. Und nun war sie tot, genau wie er und seine Frau es waren.

Elkes Augen füllten sich mit Tränen. Wilko! So sehr hatte sie ihn geliebt und doch entschied er sich damals für die Frau, die ein Vermögen mit in die Ehe brachte. Wäre alles anders gelaufen, hätte sie ihm gesagt, dass sie von ihm schwanger war? Würde er dann vielleicht noch leben und sie wären eine glückliche Familie geworden?

Sie schluchzte auf, als ihr klar wurde, dass sie womöglich durch ihren elenden Stolz etwas verhindert hatte, das eigentlich ihr größter Wunsch gewesen war. Womöglich hatte sie damit sogar Fabian die Zukunft versaut. Zwar verdiente sie als OP-Schwester gar nicht so schlecht, doch hatte sie ihrem Sohn vieles nicht bieten können. Aber vor allem hatte sie ihm keinen Vater bieten können, ihm nicht einmal sagen können, wer sein Vater war.

»Ich bin so ein Idiot!«, beschimpfte sie sich selbst. »Ich hätte es Fabian und Wilko sagen müssen! Völlig egal, ob ich damit Wilkos Ehe zerstört hätte!« Elke brach in Tränen aus.

Als sie sich wieder ein wenig beruhigt hatte, stand sie auf, ging in ihr Schlafzimmer und suchte einen Umschlag mit Fotos aus der Kommode. Er lag versteckt zwischen ihrer Unterwäsche, damit die Bilder Fabian niemals in die Hände fallen würden.

Mit einem Seufzer setzte sie sich aufs Bett und schüttete den Inhalt des Umschlags auf das Laken. Dann nahm sie die Fotos in die Hand. Das Probenröhrchen, welches sich ebenfalls in dem braunen Papier befunden hatte, ließ sie achtlos liegen und betrachtete ihres und Wilkos Gesicht, die ihr beide entgegenlächelten. Eine wundervolle Zeit.

Während sie eine Aufnahme nach der anderen anschaute, fiel ihr auf, wie ähnlich Fabian seinem Vater inzwischen sah. Und mit einem Mal wurde ihr bewusst, dass es da eine riesige Erbschaft gab, die Fabian zustand. Soweit sie wusste, hatten weder Wilko noch Regina Verwandte gehabt. Von Wilko wusste sie es mit ziemlicher Sicherheit, hatte sie ihn doch zur Beerdigung seines Vaters begleitet. Die Mutter war damals schon zwei Jahre tot gewesen. Zwar hatten etliche Trauergäste am Grab gestanden, doch hatte der Pfarrer betont, wie schön es war, dass so viele Freunde und Bekannte der Lammers gekommen seien, da Wilko doch sonst keine Familie mehr hätte.

Später dann, als Wilko sich von ihr trennte und ihr mitteilte, dass er Regina Groote heiraten würde, hatte er ihr gesagt, dass Regina außer ihm niemanden auf dieser Welt hätte. Ob das nun den Tatsachen entsprach oder eher im übertragenen Sinn gemeint war, vermochte Elke nicht zu sagen. Schließlich hatte sie auch geglaubt, Wilkos und Reginas Ehe sei kinderlos geblieben. Aber das war offensichtlich ein Irrtum gewesen.

Aber gleichgültig, ob es noch andere Erben gab; Fabian war Wilkos Sohn. Mit anderen Worten: Egal, ob es noch Verwandte aus Reginas Linie gab – ihm stand ein nicht unbeträchtlicher Teil des Erbes zu.

Elke ließ die Fotos zurück in den Umschlag gleiten und nahm das durchsichtige, beschriftete Röhrchen mit dem Wattestäbchen darin in die Hand. Nachdenklich schaute sie es an. Soweit ihr bekannt war, ließen sich DNA-Proben mehrere Jahre lang verwenden, sofern sie trocken und bei Zimmertemperatur gelagert wurden. Dieses Test-Röhrchen hatte etwas über sechs Jahre in ihrem Schrank gelegen. Sie konnte nicht einmal sagen, was sie damals dazu veranlasste, die Kollegin zu bitten, diesen Abstrich unter einem Vorwand abzunehmen, als Wilko mit einem entzündeten Blinddarm in die Ubbo-Emmius-Klinik, Elkes Arbeitsplatz, eingeliefert worden war. Vielleicht hatte das Schicksal sie dazu genötigt, denn soweit sie das noch nachvollziehen konnte, war es aus einem reinen Bauchgefühl geschehen. Jetzt würde es vielleicht das Leben ihres Sohnes und somit auch ihr eigenes von Grund auf verändern. Vorausgesetzt natürlich, die Probe war noch verwertbar und Fabian hatte wirklich nichts mit Fenjas Tod zu tun.

Ihr Sohn ein Mörder? Nein, niemals! Elke schüttelte den Kopf, als müsse sie sich selbst bestätigen, dass das nicht sein konnte. Fabian hatte schon eine Menge Mist in seinem noch so jungen Leben angestellt, denn er hatte schon sehr früh damit angefangen. Bereits im Grundschulalter war er zweimal erwischt worden, als er etwas stehlen wollte. Jedes Mal Spielzeug, das er sich sehnsüchtig gewünscht, sie sich aber nicht hatte leisten können, es ihm zu schenken. Vielleicht war sie deshalb damals auch zu nachsichtig gewesen und hatte damit sogar den Grundstein für seine späteren kriminellen Aktivitäten gelegt. Aber Mord? Noch dazu an einem Mädchen, mit dem er wahrscheinlich … Oh, mein Gott! Vor lauter Entsetzen über diesen Gedanken sprang Elke auf. Wenn er wirklich mit Fenja Lammers zusammen gewesen war, dann hatte er eine Liebesbeziehung mit seiner Halbschwester gehabt! Was, wenn er so alles erfahren hatte?

Ihr wurde schwindelig, als ihr bewusst wurde, dass die Familie Lammers innerhalb von sieben Monaten ausgelöscht worden war. Rasch setzte sie sich wieder aufs Bett. War der Unfall, bei dem Wilko und Regina ums Leben kamen, womöglich gar keiner? Sie hatte von einem Gerücht gehört, dass der Wagen von der Straße abgedrängt worden war, das aber nicht weiterverfolgt. Es war anstrengend genug gewesen, ihre Trauer um Wilko zu verbergen.

Auch wenn Fabian noch keinen Führerschein hatte – sie wusste, dass er fahren konnte und die älteren seiner Kumpel über Fahrzeuge verfügten. Die hatten es ihm schließlich auch beigebracht. Wenn Fabian wirklich alles erfahren hatte, dann konnte sie tatsächlich nicht mehr ausschließen, dass ihn verzweifelte Wut zum Mörder hatten werden lassen. Schließlich konnte er nicht wissen, dass alles ihre Schuld war und die Familie Lammers von seiner Existenz nicht einmal etwas geahnt hatte.

Hilflos drehte sie das Test-Röhrchen zwischen ihren Fingern. Was sollte sie tun? Das Ding einfach wegwerfen und darauf hoffen, dass niemandem jemals die Ähnlichkeit zwischen Wilko und Fabian auffallen würde? Immerhin war das bisher ja noch nicht geschehen. Andererseits würden bei den Ermittlungen zu Fenjas Tod vielleicht auch Fotos von Wilko auftauchen. Und sie suchten nach Fabian. Ein halbwegs talentierter Ermittler würde die Ähnlichkeit sofort bemerken und die entsprechenden Fragen stellen. War es da womöglich klüger, Fabians Recht am Erbe einzufordern, um so sein reines Gewissen zu demonstrieren?

Wieder sprang Elke nervös auf. Hektisch lief sie in die Küche, legte das Röhrchen auf den Tisch und schenkte sich noch einmal Kaffee ein. Sie führte die Tasse zum Mund, entschied sich dann jedoch anders und schüttete den Inhalt in den Ausguss. Sie war aufgeregt genug, da brauchte sie nicht zusätzlich Koffein, um den Blutdruck noch weiter nach oben zu jagen.

Sie versuchte, das Chaos ihrer Gedanken zu ordnen. Auch wenn die Kommissare es freundlich formuliert hatten, Fabian stand zweifelsohne unter Verdacht, ein Mörder zu sein. Das würde sich nicht ändern, gleichgültig, ob sie nun sein Erbe beanspruchte oder nicht. Davon abgesehen konnte sie sich nicht vorstellen, dass ihr Sohn ein Mörder war. Zudem war Wilko Anwalt gewesen. Es wäre verwunderlich, wenn er sich im Laufe seiner Karriere keine Feinde gemacht hätte, von denen einer ihm und seiner Familie schlussendlich nach dem Leben getrachtet hatte. Es ergab zwar immer noch keinen logischen Sinn, dass die Tochter mehr als ein halbes Jahr nach ihren Eltern umgebracht worden war, doch wer wusste schon zu sagen, welche Motivation so einen Mörder antrieb?

Die Entscheidung war gefallen. Sie würde Fabians Rechte einfordern. Doch wie stellte man so etwas an? Mit einem Mal fiel ihr der Name Keno Dönnerschlach ein. Bei ihm hatte Wilko sein Referendariat gemacht und sie waren später beste Freunde geworden. Bestimmt hatte Wilko seine Angelegenheiten durch Dönnerschlach regeln lassen.

Mit zitternden Händen nahm sie ihr Smartphone zur Hand und suchte im Internet die Telefonnummer der Kanzlei Dönnerschlach, Bleeker & Partner.

Kapitel 12

Die Kommissare hatten ihr Ziel fast erreicht, als Andreas' Handy klingelte. Da er die Nummer nicht kannte, meldete er sich ganz formell: »Kriminalpolizei Aurich, Hauptkommissar Coordes.«

»Moin Herr Coordes, Dönnerschlach hier.«

»Moin Doktor Dönnerschlach. Sie haben was für uns?«

»Ich denke schon. In meinem Besprechungszimmer sitzt eine Frau Antje Siemers mit der Kopie eines angeblich von Fenja verfassten Testaments zu ihren Gunsten. Wie ich Ihnen bereits sagte, ging ich bisher davon aus, dass Fenja ihre Angelegenheit nicht geregelt hatte.«

»Diesbezüglich hätten wir uns ohnehin heute bei Ihnen gemeldet, denn unsere Kriminaltechnik hat das Original eines Testaments im Haus der Familie Lammers gefunden«, berichtete Andreas dem Notar. »Wir würden die Frau allerdings sehr gerne sprechen.«

»Das dachte ich mir schon, darum der Anruf. Ich halte die Dame fest, bis Sie hier sind.«

»Großartig. Wir sind in ein paar Minuten bei Ihnen.« An Ralf gewandt, ordnete Andreas an: »Wir fahren zu Dönnerschlach.«

Der Anwalt und Notar erwartete die Kommissare auf dem Flur der oberen Etage. Nachdem er Andreas und Ralf mit Handschlag begrüßt hatte, sagte er: »Also, wenn Sie mich fragen, ist das Testament echt. Wir werden zwar noch einen Handschriftenexperten beauftragen, aber ich denke, Fenjas Handschrift gut genug zu kennen.« Er lächelte ein wenig traurig. »Ich habe auch noch ein paar Weihnachts- und Geburtstagskarten von ihr, die wir für einen Vergleich benutzen können.«

»Und die Frau ist auch echt?«, fragte Ralf.

»Wir müssen das natürlich noch überprüfen, aber anscheinend ist sie die Frau, die Fenja vor neunzehn Jahren das Leben schenkte. Aber machen Sie sich einfach selbst ein Bild von ihr.«

Dönnerschlach führte sie in sein Büro, wo eine zierliche, dunkelblonde Frau an einem langen Besprechungstisch saß.

Auch wenn Ralf und Andreas nur die tote Fenja Lammers und ein paar Fotos des Mädchens gesehen hatten, so erkannten sie doch auf den ersten Blick die Ähnlichkeit zwischen Fenja Lammers und Antje Siemers.

»Hauptkommissar Coordes und Oberkommissar Thoben von der Kriminalpolizei Aurich«, stellte der Anwalt die Beamten vor. Dann wies er auf die Frau. »Antje Siemers, Fenja Lammers' biologische Mutter. Nehmen Sie doch bitte Platz, meine Herren. Ich lasse uns Tee bringen. Oder lieber Kaffee?«

»Danke«, sagte Andreas. »Für mich gerne Kaffee.«

Ralf bat ebenfalls um Kaffee, und während Dönnerschlach dafür sorgte, dass ihre Wünsche erfüllt wurden, nahmen die Kommissare Antje Siemers gegenüber Platz.

»Moin Frau Siemers«, begann Andreas ohne Umschweife. »Zuerst einmal unser tiefstes Mitgefühl zum Tod Ihrer Tochter. Sie können sich sicher denken, dass wir einige Fragen an Sie haben.«

Die Frau, die eigentlich viel zu jung wirkte, um Mutter einer neunzehnjährigen Tochter zu sein, nickte.

»Darf ich Sie fragen, wie alt Sie waren, als Fenja zur Welt kam?«, fragte Andreas dann.

Wieder ein Nicken, dann antwortete Antje mit leiser Stimme: »Ich war fünfzehn. Der Vergewaltiger wurde gefasst und bestraft, aber schwanger war ich trotzdem.«

»Darum haben Sie Fenja zur Adoption freigegeben«, vermutete Ralf.

Erneutes Nicken.

»Und was veranlasste Sie, nun Kontakt mit Ihrer Tochter aufzunehmen?«

Bevor Antje Siemers antworten konnte, kehrte Dönnerschlach ins Büro zurück, eine Anwaltsgehilfin mit allem, was fürs Kaffeetrinken benötigt wurde, auf einem Tablett im Schlepptau.

Mit geübten Handgriffen und einem Lächeln verteilte die Angestellte alles auf dem Tisch, Dönnerschlach bedankte sich bei ihr und schenkte selbst den Kaffee ein. »Mit Zucker und Milch bedienen Sie sich bitte selbst«, forderte er seine Besucher auf und nahm selbst Platz.

Während Andreas Milch und Zucker nahm, antwortete Antje Siemers auf die zuletzt gestellte Frage: »Auch wenn es für mich grauenhaft war, wie Fenja gezeugt wurde, so habe ich sie doch von der Sekunde an geliebt, als ich sie zum ersten Mal im Arm hielt. Aber meine Familie und auch der Psychologe, der mich nach der Vergewaltigung betreute, drängten mich, das Kind fortzugeben, zumal ich mit fünfzehn auch eindeutig zu jung war, um für Fenja zu sorgen. Doch je älter ich wurde, desto mehr sehnte ich mich nach ihr, und als ob es Schicksal gewesen wäre, sah ich sie bei einem Besuch der Seehundstation. Ich habe sie sofort erkannt.« Sie nahm einen Schluck Kaffee, bevor sie fortfuhr: »Und Fenja mich wohl auch, denn sie sprach mich an und äußerte auch gleich die Vermutung, dass ich ihre Mutter sein könnte. Und so trafen wir uns immer häufiger und freundeten uns an. Fenja war genauso glücklich darüber wie ich. Schließlich hatte sie vor Kurzem erst ihre Adoptiveltern verloren.«

»Fühlte sich Fenja von irgendjemandem bedroht?«, wollte Andreas nun wissen. »Gab es irgendeinen Vorfall, der zum Mord an Ihrer Tochter geführt haben könnte?«

»Ich glaube, der Freund, den sie hatte … Fabian heißt er wohl. Also … Ich denke … er war eifersüchtig, weil wir so viel Zeit zusammen verbrachten. Schließlich hatte sie ohnehin nicht viel Freizeit. Ich habe selbst einmal einen Streit zu diesem Thema mit angehört.«

»Sie haben eine Kopie des Testaments. Soweit wir von Doktor Dönnerschlach wissen, weigerte sich Fenja ursprünglich, überhaupt ein Testament zu machen. Und ganz plötzlich ändert sie ihre Meinung und händigt Ihnen sogar eine Kopie aus. Dafür wird sie doch einen Grund gehabt haben.« Ralf schaute Antje Siemers herausfordernd an.

Doch die junge Frau blieb ruhig und zuckte nur die Schultern. »Das kam auch für mich völlig überraschend. Eines Abends drückte Fenja mir diese Kopie in die Hand und sagte: ›Nur für alle Fälle. Ich habe ja sonst niemanden mehr.‹ Natürlich habe ich sie gefragt, ob sie einen Grund dafür habe, jetzt ihr Testament zu verfassen, doch sie antwortete nur, dass Doktor Dönnerschlach ihr dazu geraten hätte.«

»Und als trauernde Mutter haben Sie nichts Eiligeres zu tun, als am Tag nach der Ermordung Ihrer Tochter mit dem Testament zum Notar zu laufen«, ätzte Ralf, was ihm ärgerliche Blicke von Antje Siemers und Doktor Dönnerschlach einbrachte.

»Ja, selbstverständlich«, antwortete die Frau jedoch. »Ich bin nicht vermögend, aber ich bin Fenjas einzige Angehörige und somit diejenige, die sie beerdigen muss. Wie Sie vielleicht wissen, ist so eine Beerdigung nicht gerade für ein paar Hundert Euro zu haben.«

»Was ist mit Fenjas Erzeuger? Der dürfte doch inzwischen wieder auf freiem Fuß sein, oder?«

»Nein, ist er nicht«, antwortete Dönnerschlach an Antjes Stelle. »Sein letztes Opfer brachte er um und sitzt darum seit Jahren ein. Mit anschließender Sicherheitsverwahrung übrigens, da er Mehrfachtäter ist und seine Vergehen immer brutaler wurden. Ich habe das eben erst auf Frau Siemers' Wunsch hin selbst überprüft.«

»Gut, Frau Siemers«, Andreas leerte seine Kaffeetasse. »Im Moment wäre es das erst einmal. Werden Sie in den Gulfhof ziehen? Der gehört Ihnen jetzt ja wohl.«

»Noch gehört Frau Siemers gar nichts«, entgegnete Dönnerschlach. »Zurzeit prüfen wir erst noch, ob es nicht womöglich doch noch irgendwo Erben gibt. Das kann eine ganze Weile dauern.«

»Und was geschieht in dieser Zeit mit dem Vermögen der Familie Lammers?«, wollte Ralf wissen.

»Ich bin Wilkos Testamentsvollstrecker und werde alles für Frau Siemers oder einen eventuellen anderen Erben verwalten.« Er lächelte selbstbewusst. »Ist also alles in guten Händen.«

»Eins noch.« Andreas wandte sich an den Notar. »Egal, in welche Richtung unsere Ermittlungen auch gehen, immer wieder wird uns Fabian Kuper als Hauptverdächtiger genannt. Ist Kuper Ihr Mandant?«

»Ähm … nein. Fenja bat zwar darum, Kuper durch unsere Kanzlei vertreten zu lassen, aber da ich Sorge hatte, dass wir mit ihr als Mandantin womöglich irgendwann in einen Zwiespalt geraten könnten, habe ich abgelehnt.«

Dönnerschlach begleitete die Kommissare bis in den Flur. »Natürlich stehe ich Ihnen auch weiterhin jederzeit gerne zur Verfügung«, verabschiedete er sich.

»Liegt es einfach daran, dass er ein Anwalt ist, oder hat es einen anderen Grund, dass der Typ mir nicht ganz koscher vorkommt?«, fragte Ralf auf dem Weg zum Auto.

»Offen gestanden habe ich mir noch keine endgültige Meinung zu Dönnerschlach gebildet. Ich kann's dir darum nicht sagen. Was hältst du von Frau Siemers?«

Ralf zuckte die Schultern. »Merkwürdig ist es schon, dass sie in dem Moment auftaucht, als ihre leibliche Tochter ein Vermögen erbt. Allerdings machte sie auf mich eher einen verschüchterten, ängstlichen Eindruck als den einer kaltblütigen Mörderin.«

»Geht mir auch so. Aber wir sollten sie trotzdem im Hinterkopf behalten. Jetzt müssen wir aber erst mal Thedas Nichte finden, bevor die Arme noch durchdreht.«

Bis zu Svenja Holtkamps Adresse war es nicht weit, und so beschlossen die Kommissare, das Auto vor der Kanzlei stehen zu lassen und Jaqueline Schallers ehemalige Freundin zu Fuß aufzusuchen.

»Wahrscheinlich ist sie sowieso nicht zu Hause«, mutmaßte Ralf. »Um diese Zeit sollten die Leute eigentlich auf der Arbeit sein.«

»Denn wie wir ja wissen, gehen alle Drogensüchtigen einer geregelten Arbeit nach«, witzelte Andreas und drückte einen Klingelknopf, neben dem ein Schild mit gleich vier Nachnamen vermuten ließ, dass es sich hier um eine Wohngemeinschaft handelte.

Die Tür wurde aufgerissen und Andreas fast von einer jungen Frau über den Haufen gerannt.

»Immer langsam mit den jungen Rennpferden!«, rief Andreas aus.

Vor Schreck ließ die Frau ihre Tasche fallen. Rasch hob sie sie auf, dann lachte sie verlegen. »Entschuldigung. Ich war schon so im Schwung, als Sie auf die Klingel drückten, ich konnte nicht mehr rechtzeitig bremsen.«

»Svenja Holtkamp?«, fragte Andreas.

»Nein. Okka Bruns. Svenja liegt vermutlich noch im Essig. Ist erst gegen Morgen ins Haus gepoltert. Darf ich fragen, wer Sie sind?«

Andreas zeigte ihr seinen Dienstausweis. »Coordes, Kriminalpolizei«, stellte er sich vor.

»Ach, du Scheiße! Hat sie was ausgefressen? Ich meine, ich weiß, dass Svenja hin und wieder einen Joint raucht, und sie spuckt auch nicht ins Glas, aber …«

»Wir müssten ihr nur ein paar Fragen stellen. Eventuell kann sie uns bei der Aufklärung eines Verbrechens behilflich sein.«

Okka Bruns schaute zwar recht skeptisch drein, wühlte dann aber den Haustürschlüssel aus ihrer Tasche und öffnete die inzwischen zugefallene Tür wieder. »Na, dann kommen Sie mal mit rein. Ich sehe nach, ob Svenja ansprechbar ist.«

»Sie wirkten, als hätten Sie es eilig gehabt«, bemerkte Ralf.

Okka grinste. »Nee, nee, keine Sorge. Ich bin immer etwas flott unterwegs.« Sie führte die Kommissare durch einen Flur, dessen Raufasertapete mit bunten Graffitis versehen worden war. Dann blieb sie vor einer Tür stehen, an der ein Holzschild hing, auf dem *›Komm rein ohne anzuklopfen und Du bist tot‹* stand. Offensichtlich wollte Svenjas Mitbewohnerin sich dieser Gefahr nicht aussetzen, denn sie donnerte mit der Faust an die Tür und brüllte: »Svenja! Komm aus dem Quark! Hier will dich jemand sprechen!«

»Verschwinde und lass mich in Ruhe!«, kam es dumpf von drinnen zurück.

»Deine Entscheidung. Aber wenn du nicht willst, dass zwei knackige Bullen dich in wenigen Sekunden aus dem Bett zerren, dann solltest du deinen Arsch nach draußen bewegen.« Sie grinste Ralf an. »Sorry, aber mehr kann ich nicht für Sie tun. Wenn sie in fünf Minuten nicht vor Ihnen steht, tun Sie einfach das, was ich ihr gerade angedroht habe. Bis dahin.«

»Stopp!«, hielt Andreas sie auf. »Vielleicht können Sie uns ja auch helfen. Kennen Sie Fabian Kuper?«

Okka lachte auf. »Wer kennt den nicht? Süßer Typ, aber leider kriminell. Suchen Sie den?«

Andreas nickte.

»Hmmh … Da gibt's so 'nen abbruchreifen Hof. Da treibt sich Fabian mit seinen Kumpels gerne mal rum. Ich glaube, einer von denen wohnt sogar da.« Okka nannte die Adresse und beschrieb auch noch den Weg.

»Sie haben uns sehr geholfen«, bedankte sich Andreas.

Ralf klopfte noch mal an Svenja Holtkamps Zimmertür und rief: »Bleiben Sie liegen, Frau Holtkamp. Sollten wir Ihre Hilfe doch noch benötigen, melden wir uns wieder.«

Die Tür wurde aufgerissen und eine Frau mit einer Sturmfrisur der Windstärke 10 schaute aus verquollenen Augen auf den Flur hinaus. »Tickt ihr noch ganz sauber, oder was?«

Die Kommissare folgten Okka aus dem Haus.

»Eigentlich ist sie ganz okay«, entschuldigte die junge Frau ihre Mitbewohnerin. »Sie sollte halt nur die Finger von Drogen und Alkohol lassen.«

Noch einmal bedankte sich Andreas bei ihr, dann verabschiedeten sie sich und gingen in verschiedene Richtungen davon.

»Fahren wir gleich zu diesem Hof?«, wollte Ralf wissen.

Andreas nickte. »Ist unsere beste Chance, bevor sich herumgesprochen hat, dass Frau Bruns uns den Ort verraten hat. Vielleicht haben wir Glück und finden Inske und Kuper dort.«

Sie fuhren aus Norden heraus und folgten der Beschreibung Okka Bruns'. Gerade bog Andreas in den Wirtschaftsweg ab, an dem der Hof lag, da rief Ralf plötzlich aus: »Verdammt! Da steht Josefines Wagen im Acker!«

Kapitel 13

Inske zitterte am ganzen Leib, als sie brutal aus dem winzigen Verschlag gezerrt wurde, in dem man sie und Fabian am Vorabend eingesperrt hatte. Die Herbstnacht auf dem nackten Betonboden in einem wenn auch sehr kleinen, so doch ungeheizten Raum verbringen zu müssen, war furchtbar kalt gewesen. Doch nach ein paar Stunden hatten sie einfach nicht mehr stehen bleiben können. Fabian hatte alles versucht, um sie irgendwie warm zu halten, doch auch er klapperte gegen Morgen vor Kälte mit den Zähnen.

»Los! Geh voran!«, herrschte ein Mann Ende zwanzig Inske an. Er fuchtelte mit der Pistole in seiner Hand, um seine Worte zu unterstreichen, und Inske taumelte auf wackligen Beinen durch eine offen stehende Tür in die Küche.

»Was soll der Scheiß, Marc?«, blaffte Fabian den Mann an. »Bist du jetzt völlig durchgeknallt?«

»Sorry, Bro«, antwortete Marc. »Aber was hätte ich tun sollen? Luuk hat hier gepennt, und der hätte mich allegemacht, wenn ich dich wie einen Freund behandelt hätte. Dann habe ich mich lange mit ihm unterhalten, und jetzt denke ich, dass du und ich gar keine Freunde mehr sind.«

»Was hast du denn neuerdings mit Luuk zu schaffen? Vertickst du jetzt sein Meth?«

Marc antwortete nicht, sondern bedeutete Fabian mit der Waffe, Inske in die Küche zu folgen, wo zwei Männer an einem runden, ziemlich ramponierten Holztisch saßen. Einer von ihnen hatte eine Pistole vor sich liegen. Ein weiterer Mann stand am Fenster und hielt den Hof im Blick. Er wandte nur kurz den Kopf, konzentrierte sich dann aber sofort wieder auf seine Aufgabe.

Fabian erstarrte, als er sah, dass Luuk immer noch hier war. »Bist du irre?«, zischte er Marc zu.

»Setzt euch, liebe Freunde«, sagte Luuk mit einem süffisanten Grinsen. »Schön, dich hier zu sehen, Fabian. Und wer ist die Dame?« Zwar sprach er ausgezeichnetes Deutsch, dennoch war an der Aussprache deutlich zu hören, dass er Niederländer war.

Fabian und Inske schwiegen.

»Na, auch egal. Nun setzt euch schon.«

Inske, die jetzt nicht nur vor Kälte am ganzen Leib zitterte, ließ sich auf einen Stuhl fallen.

Fabian jedoch blieb stehen und starrte Marc zornig an. »Was läuft hier?«

Marc lehnte sich lässig an einen Schrank und verschränkte die Arme vor der Brust, wobei er immer noch die Pistole hielt. »Du bist unzuverlässig geworden. Der Absatz stagniert und man hört Gerüchte, dass du potentiellen Kunden davon abrätst, unsere Produkte zu testen, und nur noch die Stammkundschaft belieferst. Und das, wo wir gerade dabei sind, unser Angebot noch ein wenig auszuweiten.«

»Ich denke, du verdienst genug an unserer Stammkundschaft«, entgegnete Fabian nur.

»Du sollst nicht denken, du sollst verkaufen. Das Denken überlass mir. Also sag was dazu.«

Fabian zuckte mit den Schultern und schwieg.

Plötzlich stürzte Marc auf ihn zu, packte Fabian am Halsausschnitt seines Shirts und hielt ihm mit der anderen Hand die Waffe an die Schläfe.

»Schon gut«, bremste Luuk den wütenden Drogendealer. »Lass ihn in Ruhe. Befrag ihn lieber zu der anderen Sache.«

»Welche andere Sache?«, stieß Fabian hervor.

Marc hielt Fabian weiter fest und drängte ihn rückwärts zum Tisch, wo er ihn auf einen Stuhl bugsierte. »Und bleib da sitzen!«

»Leute, ich glaube, da kommt Ärger auf uns zu«, warnte der Mann am Fenster.

Sofort ging Marc zu ihm hinüber. »Was meinst du? Die Oma da? Keine Sorge, Timo hat sie im Blick.«

Die Männer beobachteten, wie eine ältere Frau auf die Haustür zuging, während besagter Timo ihr mit gezogener Waffe folgte. Was dann am Eingang geschah, konnten sie aus ihrer Position jedoch nicht sehen. Kurz darauf betrat die Seniorin vor Timo die Küche.

»Josefine!«, entfuhr es Inske.

»Du kennst die Alte?«, stieß Timo hervor. »Los, Marc, Leon! Da draußen läuft noch so ’ne Mumie mit zwei Kötern rum!«

Sofort drängten sich die Angesprochenen an Josefine und Timo vorbei und liefen aus der Küche.

Erschrocken schaute Inske Josefine an. »Tut mir leid! Ist mir einfach so rausgerutscht!«

»Hauptsache, es geht dir gut.« Sie wandte sich an Luuk, den sie offensichtlich als Rudelführer identifiziert hatte: »Ich bin nur wegen Inske hier. Lassen Sie uns beide gehen und alles ist in Ordnung.«

Luuk lachte auf. »Ja, klar. Und dann bleiben wir hier artig sitzen, bis du uns die Bullen auf den Hals hetzt. Schon verkalkt, oder was? Nee, nee, setz dich mal schön hin.« Demonstrativ nahm er die Waffe vom Tisch und richtete sie auf Josefine.

Angesichts dieses durchaus überzeugenden Arguments ließ sie sich nicht länger bitten, ging ein Stück um den Tisch herum und nahm neben Inske Platz. Von hier aus hatte sie alle Anwesenden und die Tür im Blick.

Geräusche aus dem Flur drangen in die Küche und kurz darauf wurde Theda hereingeführt und auf den letzten freien Stuhl genötigt.

»Inske!«, rief sie aus. »Geht es dir gut?«

»Du bist so ein Vollidiot, Kuper!«, fuhr Marc Fabian an. »Warum musstest du deine Schlampe unbedingt hierherschleppen?«

»Wir haben ein großes Problem und ich dachte bis gestern Abend, du wärst mein Freund und würdest uns helfen«, entgegnete Fabian. »Aber du hast recht, ich bin ein Vollidiot. Wie konnte mir nur entgehen, was für ein Riesenarschloch du bist?«

Wieder machte Marc einen Schritt auf Fabian zu.

»Ist gut jetzt!«, blaffte Luuk ihn an. »Wenn wir das geklärt haben, kannst du von mir aus die Scheiße aus ihm rausprügeln, aber jetzt haben wir geschäftliche Dinge zu klären und außerdem ein dreifaches Problem zu beseitigen.«

»Du willst die drei Weiber doch wohl nicht umbringen?« Timo schaute Luuk unsicher an.

»Blödsinn! Ich bin doch kein Mörder!«

Josefine, Theda und Inske atmeten sichtlich auf.

Doch Luuk grinste teuflisch. »Das überlassen wir dem einzigen Mörder hier am Tisch. Soweit man hört, hat Fabian ja schon seine vorherige Alte entsorgt, da kann er das mit ihrer Nachfolgerin und deren Nannys auch erledigen.«

»Ich habe niemanden ermordet!«, spie Fabian Luuk förmlich entgegen. »Und du wirst mich nicht zwingen, zum Mörder zu werden!«

Luuk zündete sich mit zur Schau getragener Gelassenheit eine Zigarette an und stieß den Rauch in Fabians Richtung aus. »Sperrt die Weiber weg. Fabian und ich haben zu reden.«

Die von Timo auf sie gerichtete Waffe reichte aus, die drei Frauen ohne Zögern aufstehen zu lassen.

»Seht nach, ob sie Handys haben«, befahl Luuk. »Die Omas von heute sind ja teilweise recht technikaffin.«

Leon nahm Josefine die Handtasche ab und begann damit, sie nach einem Handy zu durchsuchen. »Krass!«, rief er plötzlich aus und legte die geöffnete Ledermappe mit Josefines Obduktionsbesteck auf den Tisch. Er grinste sie an, als er auch noch einen Beutel mit Einweghandschuhen und eine Rolle Gaffer-Band hervorzog. »Bist du 'ne Serienkillerin oder 'n weiblicher MacGyver?«

»Wühl nicht in ihren Klamotten, sieh nach, ob da ihr Handy drin ist«, kommandierte Luuk.

Da Leon keine Anstalten machte, die Suche aufzugeben, zog Josefine ihr Smartphone aus der Jackentasche und händigte es Marc aus.

»Kannst aufhören zu wühlen«, sagte der, an Leon gerichtet. Dann wandte er sich Theda zu. »Was ist mit dir? Und sag nicht, du hättest keins. Ich habe kein Problem damit, so 'ne alte Fregatte zu durchsuchen.«

So übergab auch Theda ihr Telefon.

»Geh wieder auf deinen Posten«, wies Luuk Timo an. »Falls noch mehr Kindermädchen hier aufkreuzen, will ich das rechtzeitig wissen.«

Sofort verließ Timo die Küche, während Marc die drei Frauen zu dem Verschlag dirigierte, in dem Inske und Fabian bereits die Nacht hatten verbringen müssen.

»Hast du wenigstens eine Decke für die beiden?«, fragte Inske mit flehender Stimme. »Du hast doch bestimmt auch eine ältere Tante oder eine Großmutter! Würdest du die so behandeln?«

Marc antwortete nicht, sondern bedeutete ihnen, in die Kammer zu gehen. Sobald auch Inske durch die Tür getreten war, schlug er diese zu und sie standen im Dunkeln und hörten, wie er sie verriegelte.

Inske kämpfte mit den Tränen. Warum war sie nur so dumm gewesen, mit Fabian hierher zu kommen? Sie hatte Theda und Josefine doch vor dem Haus gesehen! Warum hatte sie sie nicht um Hilfe gebeten? »Es tut mir so unendlich leid«, sagte sie leise.

Theda tastete sich zu ihrer Nichte und umarmte sie. »Ist schon gut. Wir alle machen manchmal Dummheiten. Aber was um alles in der Welt wolltet ihr hier?«

»Fabian hoffte, hier etwas über Fenjas Mörder zu erfahren.«

»Er dachte, die Typen haben etwas mit dem Mord zu tun?« Josefine hatte überall herumgetastet und nun direkt über sich eine nackte Glühbirne in einer Halterung gefunden. Sie drehte daran herum und plötzlich wurde es hell in der kleinen, niedrigen Kammer.

»Licht, zum Glück!«, sagte Theda mit einem Seufzer.

»Zuerst nicht«, antwortete Inske auf Josefines Frage. »Wenn ich Fabian richtig verstanden habe, verdächtigt er eine Frau, die behauptet, Fenjas leibliche Mutter zu sein, was zu Fenjas Freude über eine wiedergefundene Verwandte passen würde. Als wir aber hier ankamen und die Männer in der Küche sitzen sahen, hatte er plötzlich den Verdacht, dass die etwas damit zu tun haben könnten.« Inske hob die Hände in einer Geste der

Hilflosigkeit. »Dieser Luuk wollte wohl, dass Fabian Meth für ihn verkauft. Vielleicht war der Mord an Fenja eine Drohung.«

»Meth?«, stieß Theda hervor.

»Was ist das hier?«, fragte Josefine erstaunt. »Breaking Bad für Landeier? Nun, wie auch immer. Wir müssen hier irgendwie raus. Die Einzige, die weiß, dass wir hier sind, ist eine fremde Frau, die wir auf der Straße getroffen haben. Die wird sich kaum um uns sorgen.« Josefine schaute Theda bedrückt an. »Was ist mit Polly und Fritzchen?«

»Die sind noch im Auto. Und wo wir gerade beim Thema Auto sind … Als Fluchtfahrzeug taugt der nicht mehr. Sie haben einen Reifen zerschossen und ich daraufhin den Wagen rückwärts in den Acker gejagt …« Theda brach ab, als plötzlich hektische Stimmen zu ihnen hineindrangen. Stühle wurden gerückt und Luuk brüllte: »Raus hier!«

Josefine drückte ein Ohr an die Tür, um besser hören zu können. Sie lächelte, als sie sagte: »Mädels, ich glaube, das Schicksal meint es gut mit uns. Die Kavallerie ist eingetroffen.«

Kapitel 14

»Hier stimmt etwas ganz und gar nicht«, sagte Andreas, als sie aus dem Dienstwagen stiegen und die Hunde in Josefines Auto zu bellen anfingen. »Selbst wenn Josefine aus Versehen den Wagen in den Acker gesetzt hat – was mir allerdings schwerfällt zu glauben –, die beiden würden doch niemals die Hunde hier zurücklassen.«

Ralf hatte unterdessen den Weg verlassen und stiefelte durch das Stoppelfeld um den Wagen herum. »Ein Reifen ist hin! Könnte durchaus sein, dass den jemand zerschossen hat!«, rief er Andreas zu. Dann öffnete er die Fahrertür und sprach beruhigend auf Fritzchen und Polly ein, die auch sofort mit dem Bellen aufhörten, als sie seine Stimme erkannten. Mit den Worten »Ihr müsst euch noch ein wenig gedulden« schloss er die Tür wieder und folgte Andreas, der bereits auf das Gehöft zuging.

Plötzlich rief jemand: »Scheiße! Die Bullen!« Eine Autotür wurde aufgerissen und kurz darauf dröhnte ein PS-starker Motor.

Ralf und Andreas zogen ihre Waffen.

»Hätten wir uns eigentlich denken können, dass die Wachen aufstellen«, bemerkte Andreas ärgerlich und beobachtete durch das Geäst der Bäume weiter das Geschehen im Hof.

»Aber woher wissen die, dass wir Polizisten sind?«

»Solche Leute rechnen immer mit der Polizei, oder? Und wenn Theda und Josefine da drinnen sind, dann dürfte sie das alarmiert haben.«

Vier weitere Männer kamen aus dem Haus und liefen auf die beiden Autos zu. Einer der Männer wurde von einem anderen mit vorgehaltener Waffe zu einem Fahrzeug dirigiert.«

»Was machen wir?«, wollte Ralf wissen.

»Nichts. Zumindest einer ist bewaffnet. Und da sie keine der Frauen dabeihaben, hoffen wir einfach, dass wir sie unverletzt in dieser Bruchbude finden.«

Nun waren alle Männer eingestiegen, und die beiden Fahrzeuge donnerten mit dröhnenden Motoren vom Hof und in die Ralf und Andreas entgegengesetzte Richtung über den holprigen Weg davon.

Während Ralf rasch eines der Kennzeichen notierte, sprintete Andreas bereits zur Einfahrt hinüber, versicherte sich, dass niemand mehr in der Nähe des Hauses war, und lief zur Tür, die die Männer hatten offen stehen lassen.

Als Ralf ebenfalls die Tür erreicht hatte, sicherte Andreas den Flur und rief: »Kriminalpolizei Aurich! Falls sich noch jemand im Haus befindet, zeigen Sie sich mit erhobenen Händen.«

Vom hinteren Ende des Flurs dröhnte dumpf Josefines Stimme: »Wir würden, wenn wir könnten! Aber jemand muss uns hier rausholen!«

So schnell es ging, kontrollierten die Kommissare den bewohnbaren Teil des Hauses, dann endlich öffnete Ralf die Tür der Kammer.

Als Erstes stürzte Theda heraus. »Danke!«, rief sie und eilte an den Männern vorbei.

»Mach langsam!«, rief Ralf ihr hinterher. »Deinen Hunden geht es gut!«

Das hielt Theda jedoch keineswegs auf. Schon war sie aus dem Haus verschwunden.

Andreas betrachtete Josefine kopfschüttelnd. »Wie habt ihr euch hier wieder reinmanövriert?«

»Das ist meine Schuld«, gab Inske zerknirscht zu.

»Das klären wir später. Jetzt fahren wir erst mal zur Dienststelle und dort erzählt ihr uns, was passiert ist«, beschloss der Hauptkommissar. »Für deinen Wagen müssen wir jemanden kommen lassen. Mit dem zerschossenen Reifen bekommt den niemand mehr aus dem Acker.«

Ralf hatte inzwischen sein Handy gezückt und beorderte eine Streife und die Spurensicherung zum Hof. »Die sind so überstürzt aufgebrochen, vielleicht finden sich noch Drogen hier.«

Andreas nickte. »Wir warten, bis die Streife hier ist. Aber können wir das draußen machen? Hier müffelt's.«

Josefine lief noch rasch in die Küche, um ihre Handtasche und die beiden Handys zu holen, die die Männer auf dem

Küchentisch hatten liegen lassen, dann verließen alle das Gebäude.

Theda war mit den Hunden zum Hof zurückgekommen, hatte einen Wasserhahn und einen halbwegs sauberen Eimer gefunden, aus dem Polly und Fritzchen nun ihren Durst löschten.

Draußen telefonierte Andreas, um alles für die Bergung des Leichenwagens zu veranlassen, während Ralf eine Halterabfrage zu dem von ihm notierten Kennzeichen machte. Das andere Fahrzeug hatte ein niederländisches Nummernschild, welches völlig verschmutzt gewesen war, weshalb er es nicht komplett hatte notieren können.

»Timo Smidt, wohnhaft in Norden«, informierte Ralf Andreas. »Ich wage allerdings zu bezweifeln, dass sie auf direktem Weg zu Smidt gefahren sind, zumal sie Fabian Kuper in ihrer Gewalt haben. Ich lasse nach den beiden Fahrzeugen fahnden. Auch der Wagen aus Holland ist ja auffällig genug, um ihn auch ohne das komplette Kennzeichen zu finden.«

Andreas nickte. »Das sollte möglich sein.«

Zwanzig Minuten später bog ein Streifenwagen in den Hof ein. Noch während der Fahrer aus dem Auto stieg, rief er den Kommissaren zu: »Mit der Spusi wird's noch dauern. Gerade ist eine Meldung eingegangen. Am Krankenhaus wurde 'ne Leiche gefunden.«

»Findet man die nicht für gewöhnlich IM Krankenhaus und nicht AM?« Ralf schaute den uniformierten Kollegen skeptisch an.

Der Polizeibeamte verbiss sich ein Lachen. »Die Tote ist wohl 'ne Krankenschwester und keine Patientin, von daher …«

»Das sollten wir uns ansehen«, beschloss Andreas. »Ist ja eher selten, dass gleich zwei Mörder in näherer Umgebung ihr Unwesen treiben.«

»Du denkst, es könnte mit Fenja Lammers' Adoption zu tun haben«, vermutete Josefine.

»Exakt. Kommt, lasst uns fahren.«

An einem so zentralen Ort, noch dazu am helllichten Tage, hatten sich entsprechend viele Schaulustige versammelt.

»Bleib du bitte mit Inske und den Hunden im Auto«, bat Andreas Theda darum. Noch mehr Menschen brauchte man dort wahrhaftig nicht. Josefine hingegen forderte er auf, ihn und Ralf zu begleiten, womit die ehemalige Rechtsmedizinerin allerdings schon gerechnet hatte.

Hintereinander kämpften sie sich durch die Schaulustigen, die von mehreren uniformierten Polizeibeamten daran gehindert wurden, die Tatortabsperrung zu durchbrechen.

»Wo Rauch ist, ist auch Feuer, was?«, begrüßte Thorsten Broers die Ankömmlinge mit einem skeptischen Blick auf Josefine.

»Will sagen?«, hakte Andreas nach.

»Bisher habe ich den Gerüchten, die sich um Frau Doktor Brenner ranken, ja keine Beachtung geschenkt. Aber anscheinend gibt es tatsächlich mehr Mordopfer, sobald sie in der Nähe ist.«

»Die Retourkutsche für das Ganzkörperkondom«, bemerkte Josefine und zwinkerte dem Kriminaltechniker zu. »Es handelt sich also um Mord?«

Broers nickte. »Und ich würde sagen, die Todesursache ist die gleiche wie die beim Opfer in der Seehundstation. Aber sehen Sie es sich selbst an.«

Die weiße Kleidung der Toten war blutdurchtränkt. Sie lag halb in einem Gebüsch unter den Bäumen in Sichtweite des Hubschrauberlandeplatzes des Klinikums. Das Schild über der Ansteckuhr an ihrem Poloshirt identifizierte sie als Schwester Christina.

Josefine bestätigte die schon von Broers angenommene Todesursache und fügte hinzu: »Sie ist noch nicht lange tot. Höchstens zwei Stunden.«

»Lange genug, dass der Mörder längst über alle Berge ist«, brummte Coordes. Er wandte sich an eine uniformierte Kollegin: »Wer hat die Leiche gefunden?«

Die Polizistin wies auf drei Senioren, die sich in einiger Entfernung im Zeitlupentempo mit ihren Rollatoren den Weg auf und ab bewegten. »Hinrich Nannen, der Herr mit der blauen Strickjacke, hat uns alarmiert.«

Der Hauptkommissar bedankte sich, verließ den abgesperrten Bereich und rief: »Herr Nannen!«

Der Senior schaute auf, und Andreas signalisierte ihm, dass er ihn sprechen wollte. Doch anstatt darauf zu warten, dass der Kommissar zu ihm kam, ließ Nannen Arthrose Arthrose sein und rollte, so schnell es ging, ohne mit dem Rollator vom Weg abzukommen, auf Coordes zu. Seine beiden Kumpel folgten in gemäßigterem Tempo.

»Ich hab sie gefunden, Herr Kommissar!«, berichtete Nannen auch sofort mit vor Aufregung leuchtenden Augen. »Lag da im Gebüsch, dat arm Deern.«

»Und das war so ’ne Nette, die Christina«, meldete sich nun ein weiterer Senior zu Wort, als er Coordes und Nannen erreicht hatte. »Wer macht denn so was?«

»Um das herauszufinden, sind wir hier, Herr …« Andreas schaute den Mann fragend an.

»Kodmann, Gerd Kodmann.«

Nun war auch der letzte der drei Herren angekommen und Gerd Kodmann erklärte: »Das ist der Willi.« Er kicherte kurz. »Willi Brand. Und der heißt wirklich so, aber mit I statt Y und ohne das T am Ende. Der Willi ist hier gerade auf Station. Hinrich und ich sind nur zu Besuch. Aber wir waren auch schon ein paarmal Patienten hier und kennen … kannten die Christina darum auch gut.«

»Haben Sie irgendjemanden in der Nähe bemerkt, bevor Sie Christina fanden?«, wollte Andreas wissen.

Hinrich und Gerd schüttelten die Köpfe, aber Willi sagte: »Ja, da war einer. Glaub aber nich, dass der der Mörder war.«

Ralf war nun auch hinzugekommen. »Würden Sie den Mann trotzdem beschreiben?«

Gerd kicherte erneut. »Ich wär nich sicher, ob der Willi überhaupt jemanden gesehen hat. Der ist blind wie ein Maulwurf, sogar mit Brille. Womöglich war’s nur ein Baum.«

»Es war ein Mann«, beharrte Willi. »Und er trug einen feinen Anzug. Deswegen war der bestimmt kein Mörder. Man kommt doch nicht im feinen Zwirn, um jemanden umzubringen.«

Die Kommissare waren da nicht ganz so sicher wie der Senior, darum bat Andreas: »Würden Sie uns den Mann trotzdem beschreiben? Welche Farbe hatte der Anzug? Können Sie ungefähr sagen, wie groß er war? Welche Haarfarbe, war er dick oder dünn?«

Willi schaute ob der vielen Fragen etwas irritiert drein. »Ähhh …«, sagte er schließlich. »Der Anzug war grau. Oder schwarz. Vielleicht auch dunkelblau. Und ob der Mann groß oder klein war, kann ich nicht sagen. Wir waren ja noch ganz schön weit weg und dann verschwand der zwischen den Bäumen. Ich kann nicht mal sagen, ob der überhaupt Haare hatte. Tut mir leid.«

Gerd zwinkerte den Kommissaren zu. »Ich sag's ja – ein Baum.«

»Die Kollegen haben Ihre Personalien bereits aufgenommen?«, erkundigte sich Ralf.

»Klar. Wir sind auch nicht schwer zu finden. Wohnen alle im selben Seniorenheim.«

Andreas bedankte sich bei den dreien. Er und Ralf gingen zurück zu Josefine, die sich noch mit Kriminaltechniker Broers unterhalten hatte.

»Wir müssen in die Klinik und uns mit den Kollegen des Opfers unterhalten«, informierte Andreas die Freundin. »Das kann allerdings dauern. Wäre es in Ordnung, wenn ich einen Kollegen bitte, dich, Theda, Inske und die Hunde nach Norddeich zu bringen?«

»Ja, natürlich wäre das in Ordnung.«

»Super. Wir kommen dann später bei euch vorbei, weil wir unbedingt noch mal mit Inske sprechen müssen.«

Es dauerte nicht lange und Josefine saß mit Theda, Inske und den Hunden in einem Streifenwagen, der sie nach Norddeich brachte.

Kapitel 15

Zweieinhalb Stunden und etliche Befragungen der Kollegen Christina Poppingas später waren die Kommissare nicht schlauer als zuvor. Christina war eine stets gut gelaunte, immer hilfsbereite und bei Kollegen und Patienten äußerst beliebte Frau gewesen, die allem Anschein nach eine durch und durch glückliche Ehe mit Gärtner Eibo Poppinga geführt hatte. Die Ermittlungen hatten ergeben, dass die Krankenschwester ihre Pause draußen verbrachte und dabei wohl ihrem Mörder in die Arme gelaufen war. Niemand hatte etwas gesehen oder bemerkt. Auch war nach den Aussagen der Kollegen Christina wie immer gut gelaunt gewesen und hatte in keiner Weise bedrückt oder gar ängstlich und nervös gewirkt.

Nachdem Andreas seine letzte Visitenkarte ausgehändigt hatte, sagte er: »Ob wir wollen oder nicht, wir müssen jetzt erst einmal Herrn Poppinga über seinen Verlust informieren.«

Ralf nickte. Dagegen hatte er schon die ganze Zeit angesehen, und mit jedem Arzt, jeder Krankenschwester und jedem Pfleger, der die glückliche Ehe der Poppingas erwähnte, vergrößerte sich der Klumpen in seinem Magen.

Also machten sich die Kommissare auf diesen schweren Weg, nachdem jemand mit dem Hinweis darauf, dass der frisch Verwitwete vermutlich noch bei der Arbeit war, die Adresse der Gärtnerei hatte nennen können, für die Eibo Poppinga tätig war.

Der Gesuchte kam gerade von einem Auftrag zeitgleich mit den Kommissaren an der Gärtnerei an. Er stieg aus dem Firmenfahrzeug und sagte: »Moin, kann ich helfen?«

»Moin, Kriminalpolizei Leer. Wir sind auf der Suche nach Eibo Poppinga.«

»Ihre Suche ist beendet. Er steht vor Ihnen. Was wird mir zur Last gelegt, dass es eines Besuchs der Kriminalpolizei bedarf?«, entgegnete Poppinga gut gelaunt.

»Können wir uns irgendwo ungestört unterhalten, Herr Poppinga?«

Schlagartig verschwand das Lächeln aus dem Gesicht des Mannes. Offensichtlich ließen Tonfall und Mimik des Hauptkommissars ihn ahnen, dass nun etwas kommen würde, das er ganz und gar nicht hören wollte. »Ist meiner Frau etwas zugestoßen? Oder meinen Eltern?«, fragte er mit belegter Stimme.

»Vielleicht sollten wir irgendwohin gehen, wo Sie sich setzen können«, empfahl Ralf.

»Nun sagen Sie mir schon, was los ist!« Nackte Angst schwang in Eibo Poppingas Stimme mit.

»Es tut uns sehr leid, Ihnen diese Nachricht überbringen zu müssen. Ihre Frau wurde vor wenigen Stunden tot aufgefunden. Mein tief empfundenes Mitgefühl.«

Poppinga starrte Andreas ungläubig an. Mit einem Mal verdrehte er die Augen und stürzte einfach zu Boden wie ein gefällter Baum.

»Notarzt!«, rief Andreas und ging neben dem Mann auf die Knie, um Erste Hilfe zu leisten.

Glücklicherweise kam Poppinga wieder zu sich, noch bevor die Rettung eintraf.

Inzwischen waren seine Kollegen aufmerksam geworden und herbeigelaufen.

»Aber wie?«, stieß der Gärtner hervor. »Was ist Christina passiert?«

»Vielleicht warten wir, bis der Notarzt hier ist«, wich Andreas einer Antwort aus. Zu groß war die Sorge, dass der Mann erneut zusammenbrechen würde, hörte er, dass seine Frau ermordet worden war.

Die Kommissare atmeten erleichtert auf, als das Signal der Martinshörner rasch näher kam.

»Was ist denn nur los?« Eine Frau Mitte fünfzig war zu Ralf und Andreas getreten, als die Sanitäter Eibo Poppingas Versorgung übernommen hatten.

»Sie sind?«, fragte Ralf.

»Annegret Meier. Ich bin die Inhaberin der Gärtnerei. Eibo ist einer meiner Mitarbeiter.«

»Wir mussten Herrn Poppinga gerade mitteilen, dass seine Frau gestorben ist«, informierte Andreas die Chefin der Gärtnerei.

»Oh, mein Gott! Hatte Christina einen Unfall?«

Der Notarzt kam hinzu und wandte sich an Ralf: »Der Patient möchte wissen, wie seine Frau ums Leben gekommen ist. Würden Sie ihm das noch sagen, bevor wir ihn ins Krankenhaus bringen?«

»Sie nehmen ihn mit?«

Der Arzt nickte. »Das EKG ist ein wenig auffällig und er sollte darum besser beobachtet werden. Und mir scheint, die Ungewissheit regt ihn nach wie vor auf.«

»Nun, das, was wir ihm zu sagen haben, wird nicht gerade für Entspannung sorgen«, gab Andreas zu bedenken.

»Ich stehe ja daneben und kann zur Not eingreifen«, beruhigte der Notarzt.

»Auf Ihre Verantwortung.« Der Hauptkommissar ging hinüber zu den Sanitätern, die Eibo Poppinga bereits auf die Trage gebettet hatten.

Poppinga schaute Andreas an, als hoffte er, dass ihm nun gesagt würde, das alles sei nur ein böser Traum. Er schloss die Augen, als der ihm stattdessen sagte, dass Christina ermordet worden war.

»Gibt es jemanden, der Ihrer Frau Böses wollte?«, fragte Andreas.

»Niemanden«, flüsterte Poppinga und der Notarzt wies die Rettungshelfer an, die Trage in den Wagen zu verladen.

Aus einem Impuls heraus rief Andreas noch hinterher: »Kannte Ihre Frau eine Familie Lammers? Wilko, Regina und Fenja? Oder eine Antje Siemers?«

Offenbar hatte Poppinga nur mit dem Kopf geschüttelt, denn einer der Sanitäter wandte sich um und übersetzte: »Nein, kannte sie nicht.«

»Auch die Gärtner-Kollegen wissen nur Gutes über die Eheleute Poppinga zu sagen«, informierte Ralf seinen Kollegen, der den davonfahrenden Einsatzwagen hinterherschaute.

»Es sieht also so aus, als ob Frau Poppinga ein Zufallsopfer war«, stellte Andreas fest.

»Ein durchgeknallter Patient vielleicht?«

Andreas hob ratlos die Hände. »Lass uns ins Büro fahren und noch mal alles durchgehen, was wir haben. Obwohl es den Anschein hat, dass Frau Poppingas Tod nichts mit dem Fall Lammers zu tun hat, behauptet mein Bauch nachdrücklich, dass die Fälle sehr wohl zusammenhängen. Schon allein durch die gleiche Todesart.«

Mit den Worten »Paul hat den abschließenden Obduktionsbericht zu Fenja Lammers geschickt« begrüßte Heike Coordes die Kommissare in der Inspektion. »Todesursache war ein Genickbruch durch den tiefen Sturz auf den Betonboden. Doch wäre sie auch ohne Sturz so schnell am hohen Blutverlust gestorben, dass niemand sie mehr hätte retten können. Bei der Tatwaffe geht Paul von einem Messer aus. Er vermutet ein Jagdmesser, wollte sich diesbezüglich aber nicht festlegen.« Sie schaute ihren Mann betroffen an. »Und es gab gerade noch einen ähnlichen Mordfall?«

Andreas nickte. »Eine Krankenschwester direkt an der Ubbo-Emmius-Klinik in Norden. Und bisher sehen wir, außer der Art der Tötung, keine Zusammenhänge zwischen den beiden Morden. Ich kann mir aber nicht vorstellen, dass wir zwei Täter haben, die unabhängig voneinander Halsschlagadern mit Messern durchtrennen.«

»Bevor wir zum Krankenhaus fuhren, hattest du doch darüber nachgedacht, dass Christina Poppinga womöglich irgendetwas mit Fenja Lammers' Adoption zu tun haben könnte.« Ralf stellte Kaffeebecher auf den Besprechungstisch und ging dann zurück in die Teeküche, um die Kanne zu holen.

»Ihre Kollegen sagten aber aus, dass sie niemals etwas mit Adoptionen oder auch nur mit Geburtshilfe zu tun gehabt hätte«, rief Andreas ihm hinterher. »Und laut Patientenunterlagen war Frau Siemers auch nie Patientin in dieser Klinik. Frau Poppinga hat aber nie anderswo gearbeitet.«

Ralf kam zurück und schenkte Kaffee ein. »Ja, mag sein. Aber lass uns doch einfach mal unterstellen, dass die Kollegen nicht alles wissen und die stets gut gelaunte Christina Poppinga das eine oder andere Geheimnis hatte. Was haben wir dann?«

Heike stellte ein Tablett mit Kuchenteilchen auf den Tisch und beantwortete Ralfs Frage: »Eine Frau mit einem Geheimnis, von dem jemand wollte, dass sie es unter gar keinen Umständen ausplauderte.«

»Exakt. Und schon haben wir eine Verbindung zwischen den Mordfällen.« Zufrieden nahm Ralf ein Puddingteilchen und biss hinein.

Andreas nahm Platz und griff ebenfalls nach einem Teilchen. Er nickte. »Das ist das Einzige, das Sinn ergeben würde. Es könnte ja durchaus sein, dass sie Frau Siemers doch privat kannte, ohne dass ihr Mann davon wusste. Und dann hat es mit der Erbschaft zu tun, was wieder Frau Siemers zur Hauptverdächtigen macht. Aber was hat dann Fabian Kuper mit der ganzen Geschichte zu schaffen? Inske hatte doch gesagt, dass er angeblich irgendetwas über den Mord wisse.«

»Ja, aber auch Inske vermutete, dass es etwas mit Fenjas leiblicher Mutter zu tun hätte und Kuper sogar sie für die Täterin hält. Nur, weil sie uns eher zurückhaltend erschien, bedeutet das ja nicht, dass sie es auch tatsächlich ist. Wenn es um Geld geht, wachsen etliche Menschen über sich hinaus. Auch im negativen Sinn.«

»Du hast recht. Wir sollten also dringend noch einmal mit Frau Siemers sprechen und vor allen Dingen Alibis für die Tatzeiträume von ihr verlangen. Womöglich ist sie von Dönnerschlach aus gleich zum Krankenhaus marschiert, um Frau Poppinga zum Schweigen zu bringen.« Andreas schluckte den letzten Bissen seines Teilchens hinunter, leerte die Kaffeetasse und stand auf.

Sie hörten, wie jemand das Vorzimmer betrat, und kurz darauf stand Kollege Dirk Habbena im Türrahmen. »Moin zusammen. »Wir haben da 'ne Festnahme zu eurer Fahndung, einen Timo Smidt. Er war Richtung Leer unterwegs, als die Kollegen ihn geschnappt haben. Wird gerade erkennungsdienstlich abgefertigt. Die Spusi nimmt seinen Wagen auseinander, da wir zwei Tütchen Meth im Handschuhfach gefunden haben. Durchsuchungsanordnung für seine Bude ist auch schon beantragt. Ich nehme an, ihr wollt mit dem sprechen.«

»Das wollen wir allerdings«, sagte Ralf. »Wir gehen gleich mit dir runter.«

Kapitel 16

»In Ordnung, hol dein Handy und dann kommst du zu uns rüber. Wir machen in der Zwischenzeit etwas zu essen. Du hast doch bestimmt seit gestern nichts mehr bekommen«, sagte Theda zu Inske, als sie aus dem Streifenwagen gestiegen waren.

»Wir übrigens auch nicht«, erinnerte Josefine daran, dass sie am Morgen nur einen Kaffee getrunken hatten. »Mir ist schon ganz schwummrig.«

Inske lief also zu ihrer Wohnung, während die Freundinnen den Bungalow betraten.

Theda versorgte zuerst die Hunde, Josefine inspizierte den Inhalt des Kühlschranks und entschied dann, Omelett mit bunter Mischung zuzubereiten.

Theda beäugte skeptisch, was die Freundin da zusammenstellte.

»Es geht schnell und wird euch schon schmecken, wart's ab«, prophezeite Josefine und schnipselte eine Paprika in schmale Streifen.

»Wo bleibt denn Inske nur?« Theda setzte sich und blätterte durch die OZ, die auf dem Rücksitz des Streifenwagens gelegen hatte. Sie hatte sie in die Hand genommen, um sich nicht daraufsetzen zu müssen, und dann einfach vergessen, sie wieder zurückzulegen.

»Sie wird mit der Seehundstation telefonieren. Immerhin haben wir vergessen, die zu informieren, dass Inske heute nicht kommt.«

»Ach, herrje! Stimmt! Und ich muss noch der Verwandtschaft mitteilen, dass Inske wieder da ist. Wo ist überhaupt mein Handy?«

»In meiner Jackentasche. Ich hatte es eingesteckt, als wir aus dieser Bruchbude raus sind.« Sie warf einen Blick durchs Fenster. »Guck, da kommt Inske schon.«

Theda lief zur Tür, um ihre Großnichte hereinzulassen. »Wo warst du denn so lange?«, wollte sie sofort wissen.

Inske zog die Jacke aus und hängte sie an die Garderobe. »Ich hab mit Tim telefoniert und mich entschuldigt, dass ich heute nicht zur Arbeit gekommen bin.« Sie schaute Theda ernst an. »Aber morgen gehe ich wieder hin, egal was passiert.«

»Das sehen wir dann«, entgegnete Theda und ging voran in die Küche. Ihr Handy hatte sie schon wieder vergessen.

Theda legte die Zeitung achtlos auf die Eckbank und holte dann Teller aus dem Schrank.

»Hmmmh, das riecht aber gut«, lobte Inske und setzte sich an den kleinen Küchentisch.

»Ist gleich fertig«, verkündete Josefine und bat dann Theda, schon einmal den Tisch zu decken.

Ein paar Minuten später saßen die drei vor gut gefüllten Tellern, und während Theda noch zu analysieren versuchte, was Josefine alles in das Omelett gemischt hatte, ließen es sich Inske und die Köchin bereits schmecken.

»Du hattest recht«, sagte Theda zufrieden, als sie das Besteck auf den geleerten Teller legte. »Es schmeckte in der Tat sehr gut, auch wenn ich immer noch nicht weiß, wie viel von unseren Vorräten du in die Pfanne gehauen hast.«

Josefine lachte. »Keine Sorge, wir kommen schon noch ein paar Tage klar.«

»Müssen wir ja auch. Schließlich haben wir zurzeit kein Auto«, erinnerte Theda, was Josefines Laune erheblich trübte.

»Das stimmt. Ich hoffe, Andreas kann mir später eine Auskunft darüber geben, was mit meinem Wagen passiert ist.« Sie schaute Inske an. »Allerdings würde mich noch viel mehr interessieren, was mit Fabian Kuper passiert ist.«

Sofort wurden Inskes Augen feucht. »Es tut mir so leid, dass ihr da mit reingezogen wurdet!«, entschuldigte sie sich noch einmal.

»Nun, du bist ja auch nicht so ganz freiwillig hineingestolpert«, versuchte Josefine, die junge Frau zu trösten. »Weißt du denn irgendetwas über die Männer in diesem Haus?«

»Nur das, was ich so am Rande mitbekommen habe, beziehungsweise das wenige, das Fabian mir über sie erzählte, kurz bevor sie uns entdeckten. Er sagte, sie seien allesamt Kriminelle und würden mit Drogen und sogar Waffen handeln. Er hatte selbst Angst vor denen.«

»Aber aus welchem Grund haben sie Fabian mitgenommen?«, fragte Josefine nachdenklich. »Andreas erzählte, dass sie ihn mit vorgehaltener Waffe in eins der Autos gezwungen haben, er also nicht freiwillig mitging.«

»Wahrscheinlich hatten sie Angst, dass er zu viel über ihre Machenschaften weiß«, vermutete Theda.

»Aber er weiß ja gar nichts!«, fuhr Inske auf. »Zumindest hat er keine Beweise und könnte bei der Polizei auch nur Vermutungen äußern.«

»Das hat er dir erzählt«, entgegnete Theda. »Aber ist das auch die Wahrheit?«

Inske zuckte mit den Schultern.

»Wie gut kennst du Fabian?«, hakte Josefine nach. »Und erzähl uns nicht, du würdest ihn nur aus der Schule kennen. Dass da mehr zwischen euch war oder ist, könnte selbst ein Blinder erkennen. Und ich persönlich habe für mein Alter noch recht gute Augen.«

Da Inske klar war, dass es nichts nützen würde, ihre Beziehung zu Fabian weiterhin zu leugnen beziehungsweise zu verschweigen, antwortete sie ohne Umschweife: »Wir waren über ein Jahr lang zusammen. Ich wusste, dass er kein Engel ist, und auch, dass er schon ein paarmal beim Stehlen erwischt worden war.« Mit einem Blick zu Theda fügte sie schnell hinzu: »Das mit den Drogen habe ich aber erst später rausgefunden und ihn dann auch sofort in die Wüste geschickt.«

Theda schaute ihre Nichte mitfühlend an. »Aber dein Herz hat das nicht getan«, stellte sie fest.

Inske wischte sich ärgerlich mit dem Handballen die aufsteigenden Tränen aus den Augen und schüttelte den Kopf.

»Ich mach uns erst mal Tee«, beschloss Theda und stand auf.

Fast hätte Josefine gelacht. Tee war für Ostfriesen unverzichtbar, wollten sie Probleme lösen oder Trost spenden.

»Und wie kamen Fabian und Fenja zusammen?«, fragte Theda, während sie den Wasserkocher füllte.

»Weiß ich nicht. Ich hab Fenja auch nicht danach gefragt. Eines Abends stand er vor der Seehundstation, um sie abzuholen. Dabei wusste er doch, dass ich dort arbeite. War mir ja klar, dass er irgendwann eine neue Freundin haben würde, aber dass er mir das so unter die Nase reiben musste … Erst gestern hatte er noch behauptet, er könne sich nirgendwo mehr sehen lassen, weil dieser Luuk ihm ans Leder will. Aber er konnte fröhlich pfeifend vor der Station rumlungern? Ich weiß nicht, was ich noch glauben soll.«

»Und er hat wirklich gesagt, dass dieser Marc helfen könnte, die Morde an der Familie Lammers aufzuklären?«, kam Josefine noch einmal auf das zurück, was Inske den Kommissaren gegenüber geäußert hatte.

»Ja, hat er. Er selbst verdächtigte die Frau, die angeblich Fenjas leibliche Mutter ist. Ob das aber nur ein Bauchgefühl war oder ob er das wirklich begründen konnte, hat er mir nicht gesagt. So weit sind wir nicht gekommen. Und als sie uns eingesperrt hatten, war ich hauptsächlich mit Frieren beschäftigt und konnte vor lauter Angst keinen klaren Gedanken fassen.«

»Er hat die vermeintliche Mutter aber mal kennengelernt?«, fragte Josefine weiter.

»Keine Ahnung. Ich erinnere mich nicht mehr, ob er dazu etwas sagte. Tut mir leid«, entschuldigte sich Inske.

Theda stellte Teetassen auf den Tisch und holte dann die Kanne. »Aber was ist denn nun mit der ermordeten Krankenschwester? Es werden ja wohl nicht gleich zwei Mörder ihr Unwesen in der Gegend treiben. Zumal du sagtest, sie sei ähnlich ermordet worden wie Fenja Lammers.«

Josefine nickte. »Das halte ich auch für sehr unwahrscheinlich. Ich vermute, sie wusste etwas, das die Polizei nicht erfahren sollte.«

»Fabians Mutter arbeitet auch in dem Krankenhaus. Sie ist dort OP-Schwester«, sagte Inske.

Fast hätte Theda den Tee verschüttet. »Oh, mein Gott! Womöglich galt der Anschlag Frau Kuper und sie wurden nur verwechselt!«

Josefine nickte und nahm ihr Smartphone vom Tisch. »Das sollten Ralf und Andreas auf jeden Fall erfahren. Denn wenn das so ist, dann ist Frau Kuper vielleicht in Gefahr!« Rasch rief sie die Nummer des Hauptkommissars auf, erreichte aber nur die Mailbox. Auch bei Ralf hatte sie keinen Erfolg.

»Solltest du dann nicht den Notruf wählen?« Theda schaute Josefine besorgt an.

»Zum einen wissen wir nicht, wo die Frau sich gerade aufhält – eventuell steht sie gerade im OP, wo sie sicher wäre, zum anderen ist ja noch gar nicht klar, ob das wirklich so war. Wäre blöde, wenn wir einen Riesenalarm machen und dann ist nichts. Ich rufe Heike an und sage ihr, sie soll die beiden informieren.«

Heike Coordes teilte Josefine mit, dass die Kommissare sich im Verhör mit Timo Smidt befanden, und versprach, ihnen den geäußerten Verdacht mitzuteilen.

»Hast du die Telefonnummer der Kupers?«, erkundigte sich Josefine bei Inske, nachdem sie das Telefonat beendet hatte.

»Nein. Die haben gar kein Festnetztelefon und Elkes Nummer habe ich nicht.«

»Aber du weißt, wo sie wohnt.«

»Sicher.«

Schon wollte Josefine aufstehen und fegte dabei die Zeitung von der Eckbank. Als sie sie wieder aufhob, fiel ihr Blick auf den Leitartikel. *›War es Mord?‹* , stand da in fetten, schwarzen Buchstaben, darunter das Foto eines lächelnden Paares mit der Bildunterschrift *Regina und Dr. Wilko Lammers* und ein weiteres Bild, das Fenja zeigte. Josefine legte die Zeitung auf den Tisch und betrachtete das Foto von den Eheleuten Lammers genauer. »Das gibt's doch nicht!«, stieß sie dann hervor.

»Was?«, fragten Inske und Theda unisono.

Josefine antwortete nicht, sondern sagte, an Inske gewandt: »Du hast doch bestimmt ein Foto von Fabian auf deinem

Handy. Ich habe ihn ja nur kurz gesehen und würde gerne etwas überprüfen.«

Inske schaute ihr Gegenüber ein wenig irritiert an, suchte dann aber in der Galerie ihres Smartphones nach dem gewünschten Foto und hielt Josefine das Telefon kurz darauf hin.

Die nahm das Handy entgegen und legte es neben das Gesicht von Wilko Lammers. »Hat Fabian mal irgendetwas über seinen Vater erzählt?«, wollte sie dann wissen.

»Nein, er wusste nicht, wer sein Vater ist, war aber ziemlich sauer auf den Mann, weil er seine Mutter im Stich gelassen hat.«

Theda war aufgestanden und betrachtete nun ebenfalls Handy- und Zeitungsfoto. »Ich denke, ich sehe, was du meinst. Aber was bedeutet es für die Ermittlungen? Der Junge wird doch kaum die komplette Familie Lammers ausgelöscht und auch noch die Krankenschwester umgebracht haben, oder?«

»Was ist denn los?«, fragte Inske verständnislos.

Josefine schob ihr Handy und Zeitung hin.

»Oh, mein Gott! Die sehen sich ja total ähnlich!«, stieß Inske hervor. Sie schaute Josefine an. »Du denkst, Fenjas Vater war auch Fabians Vater?«

»Fenja war adoptiert«, erinnerte Josefine. »Und wenn ich nicht völlig danebenliege, dann ist Fabian Wilko Lammers' biologischer Sohn, was übersetzt heißt, er ist erbberechtigt, sofern die Verwandtschaft nachgewiesen werden kann.« Sie griff erneut zu ihrem Smartphone, suchte etwas im Internet und hielt sich kurz darauf das Gerät ans Ohr. »Ja, moin, Brenner mein Name. Ich müsste ganz dringend Elke Kuper sprechen. Sie ist OP-Schwester in Ihrem Hause.«

Angespannt warteten Inske und Theda.

Josefine hörte eine Weile zu und bat dann um Elke Kupers Telefonnummer, die sie, ihrer Miene nach zu urteilen, jedoch nicht bekam. »Danke«, beendete sie kurz angebunden das Gespräch. Sie schaute Tante und Nichte an. »Wir müssen zu Elke Kuper. Im Krankenhaus ist sie nicht und die geben mir ihre Nummer nicht. Datenschutz.«

»Wir haben kein Auto.«

»Aber es wird doch so was wie ein Taxi auch in Norddeich geben.«

»Sicher.« Inske tippte bereits die Nummer in ihr Telefon.

»Was ist mit den Hunden?«, fragte Theda.

»Ich fahre alleine. Ihr bleibt hier. Falls Ralf und Andreas hier vorbeikommen, schickt ihr sie direkt zu Kupers.« Sie steckte ihr Handy ein, lief in den Flur und zog die Jacke an. Bevor Theda noch protestieren konnte, war sie auch schon zur Tür hinaus, in der Hoffnung, das Taxi möge schnell kommen.

»Du kennst doch die Adresse gar nicht.« Plötzlich stand Inske neben ihr.

Kurz schaute Josefine Inske verwundert an, dann lachte sie auf. »Nun ja, spätestens, wenn der Fahrer mich danach gefragt hätte, wäre es mir aufgefallen. Ich werde wohl doch langsam alt. Wie lautet die Adresse?«

Inske verzog triumphierend das Gesicht. »Ich werde dem Fahrer die Adresse nennen.«

»Theda bringt uns um«, prophezeite Josefine.

»Ach was. Die freut sich, wenn wir wieder zurück sind und womöglich Schlimmeres verhindern konnten.«

Das Taxi kam um die Ecke gefahren, und kaum hatte der Fahrer den Wagen gestoppt, sprangen die beiden Frauen hinein.

Inske nannte die Adresse und bat: »Bitte schnell. Es geht um Leben oder Tod.«

»Sie wollen mich veräppeln«, vermutete der Fahrer.

»Hoffen wir es«, sagte Josefine.

Kapitel 17

Timo Smidt hing mehr in dem Stuhl des Verhörraums, als dass er saß. Offenbar wollte er sich betont lässig geben, doch Andreas erkannte schon beim Eintreten die Angst in seinem Blick. »Lassen Sie bitte ein Mindestmaß an Höflichkeit walten und setzen Sie sich vernünftig hin, Herr Smidt«, sagte der Hauptkommissar, war allerdings überrascht, als Timo das tatsächlich tat.

Nun legte der junge Mann auch beide Hände auf den Tisch und zupfte nervös an der Nagelhaut seines linken Daumens herum. »Ich will einen Anwalt«, sagte er, ohne die Kommissare dabei anzusehen.

»Den werden Sie bekommen, Herr Smidt. Aber wir wollen nicht wegen des Drogendeliktes mit Ihnen sprechen. Und falls Sie mit uns kooperieren, könnte sich das durchaus positiv auf das zu erwartende Strafmaß für Drogenbesitz und, der gefundenen Menge nach zu urteilen, auch Drogenhandel auswirken.«

»Das mit den alten Weibern tut mir leid«, sagte Timo nun. »Ist alles ein bisschen aus dem Ruder gelaufen. Aber wenn Luuk etwas befiehlt, dann tut man das für gewöhnlich.«

»An Ihren Umgangsformen sollten Sie tatsächlich noch etwas feilen, Herr Smidt«, bemerkte Andreas. »Die alten Weiber, wie Sie sie zu bezeichnen pflegen, haben in ihrem Leben weit mehr geleistet, als Sie es in Ihrem vermutlich noch tun werden. Sie sollten älteren Menschen erheblich mehr Respekt entgegenbringen. Aber wir sind nicht hier, damit ich das nachhole, was Ihre Eltern offensichtlich versäumt haben. Zu welchem Zweck hatten Sie sich in dem runtergekommenen Hof getroffen? Und wer ist dieser Luuk und welche Rolle spielt er?«

»Luuk van Doorn. Mit dem ist nicht zu spaßen.« Der Tonfall des jungen Mannes ließ darauf schließen, dass er bereits am eigenen Leibe erfahren hatte, wie wenig humorvoll van Doorn war. »Für die niederländische Polizei ist er wohl ein alter Bekannter, darum macht er seine Geschäfte vorzugsweise in

Deutschland. Er hat uns auf dem alten Hof zusammengetrommelt, weil er plant, dort selbst Meth zu kochen.«

»Ist der Mann etwa Chemiker?«, erkundigte sich Ralf.

Timo Smidt zuckte mit den Schultern. »Keine Ahnung. Ich denke nicht. Bestimmt hat er aber schon Leute an der Hand, die so was können.«

»Okay, Sie haben sich also dort getroffen, um van Doorns Breaking-Bad-für-Arme-Plan zu besprechen. Was passierte dann? Warum wurde Fabian Kuper von Ihnen entführt?«

»Na, Fabian ist plötzlich mit seiner Trulla aufgetaucht. Ich hab sie erwischt, als sie uns ausspionieren wollten. Was sollten wir machen? Marc wollte ihn ja mit ins Boot holen, aber er hat ein Riesenfass aufgemacht, von wegen Meth wäre ja schließlich 'ne andere Hausnummer als Haschisch und er würde sich nicht schuldig am Tod von Menschen machen. Als wenn jeder, der mal 'n bisschen Meth raucht, gleich tot umfällt. Wäre ja total geschäftsschädigend.«

»Sie wissen nicht viel über die Auswirkungen von Meth, richtig?«, vermutete Ralf.

Smidt bedachte den Oberkommissar mit einem recht unintelligent wirkenden Blick.

»Erzählen Sie weiter, Herr Smidt«, forderte Andreas ihn auf.

»Na ja, Luuk fragte dann Marc, warum er Fabian nicht gewarnt habe, zum Hof zu kommen. Daraufhin sagte Marc, dass Fabian 'nen schönen Batzen Geld wert sei. Warum weiß ich nicht. Luuk hat mich wieder auf meinen Posten geschickt, aber ich glaube, Marc hat noch irgendwas von 'ner fetten Erbschaft gefaselt.«

»Wie ist der Nachname von Marc?«, fragte Ralf dazwischen.

»Finden Sie's doch selbst raus.«

»Darf ich noch einmal an die Kooperation Ihrerseits in Bezug auf das zu erwartende Strafmaß erinnern? Wir werden es auch selbst herausfinden, aber Sie könnten uns Zeit ersparen.«

Timo seufzte, antworte dann aber: »Welling.«

»Fiel zufällig der Name Lammers während dieses Gesprächs?«, fuhr Andreas mit der Vernehmung fort.

»Nee, nicht, solange ich drinnen war. Wer soll'n das sein?«

»Muss Sie nicht interessieren. Wohin haben Sie Fabian Kuper gebracht?«

»Weiß ich doch nicht. Luuk hat gesagt, ich soll in Bewegung bleiben, weil die Bullen bestimmt zu Hause auf mich warten würden. 'Ne Scheißidee, wie ich inzwischen weiß. Er selbst ist vermutlich ab nach Holland.«

»In Ordnung, Herr Smidt. Das war's fürs Erste.« Andreas wandte sich zum Gehen.

»Und was ist mit mir? Kann ich jetzt gehen?«

Ralf lachte auf. »Sie bleiben erst einmal unser Gast und werden dem Haftrichter vorgeführt, sobald wir einen Anwalt für Sie haben. Ich nehme an, Sie haben keinen Rechtsbeistand, der Sie vertritt, und können sich vermutlich auch keinen leisten?«

»Hellseher, oder was?«, ätzte Smidt.

»Erfahrungswerte.« Ralf folgte seinem Kollegen nach draußen.

»Bevor wir zu Frau Siemers fahren, möchte ich mit den niederländischen Kollegen Kontakt aufnehmen. Sie sollen dringend mal bei Luuk van Doorn vorbeischauen. Was auch immer da läuft, womöglich ist Fabian Kuper in ernster Gefahr.«

»Ich erledige das«, bot Ralf an, sobald sie ihr Büro betraten.

»Wo ist denn meine Frau?« Andreas schaute sich suchend um, während Ralf zu seinem Schreibtisch ging und den Telefonhörer aufnahm.

»Wahrscheinlich irgendwo im Haus unterwegs, nehme ich an.«

Andreas betrat den Besprechungsraum, wo immer noch die Ermittlungsunterlagen auf dem Tisch ausgebreitet waren. Aus irgendeinem Grund hatte Heike die Tageszeitung dazugelegt und darauf einen der ausgedruckten Screenshots, der Fabian Kuper zeigte.

»Ah! Ihr seid wieder hier!« Heike kam herein. »Josefine will dich dringend sprechen und ich denke, ich weiß warum. Siehst du, was ich gesehen habe?«

Andreas hielt das Foto des jungen Mannes hoch. »Das ist Fabian Kuper. Und?«

»Schau dir das Zeitungsfoto von Wilko Lammers an.«

Andreas erkannte sofort, worauf Heike hinauswollte. »Scheiße!«, stieß er hervor. »Warum ist das bisher noch niemandem aufgefallen?«

»Keine Ahnung. Wahrscheinlich gab es in den Bekanntenkreisen der beiden Männer keine Schnittmengen, außer Elke Kuper. Die wird's allerdings wissen, nehme ich an.« Sie schaute Andreas besorgt an. »Sag mal, wenn es tatsächlich um die Erbschaft geht, schwebt Fabian dann nicht gerade in Lebensgefahr?«

Andreas warf das Foto zurück auf den Tisch. »Und nicht nur Fabian!« Er lief aus dem Raum. »Ralf! Zackig! Wir müssen zu Elke Kuper!«

»Josefine hat auch noch gesagt, dass die ermordete Krankenschwester eine Kollegin von Frau Kuper war!«, brüllte Heike hinterher.

»Du fährst.« Ralf warf Andreas die Wagenschlüssel zu. »Ich warte auf Nachricht der niederländischen Kollegen.«

»Aber vorher ruf in Norden an. Die sollen eine Streife zu Elke Kuper schicken.«

Noch während sie aus dem Gebäude und zum Auto liefen, alarmierte Ralf die Kollegen in Norden.

Andreas setzte das Blaulicht aufs Autodach und schaltete das Akustiksignal ein. Dennoch kamen sie nur langsam voran, denn es waren viele Autofahrer Richtung Norden unterwegs und ebenso viele kamen aus der entgegengesetzten Richtung. Mehr als einmal fluchte Andreas laut, wenn er einen Überholvorgang abbrechen musste.

Ralfs Handy klingelte, als sie die Hälfte der Strecke bewältigt hatten. Es war ein Kollege aus den Niederlanden, der den Oberkommissar darüber informierte, dass man Luuk van Doorn nicht in seiner Wohnung angetroffen, man aber die Fahndung nach ihm eingeleitet habe.

»Was habe ich überhaupt verpasst?«, wollte Ralf wissen, der den Grund für ihren rasanten Aufbruch immer noch nicht kannte.

»Wenn wir nicht völlig danebenliegen, dann ist Fabian Kuper Wilko Lammers' Sohn.«

»Ist nicht wahr! Aber dann erbt der ja alles!«

»Vorausgesetzt, er kann's beweisen. Aber ich bin ziemlich sicher, dass sich im Hause Lammers noch DNA vom verstorbenen Hausherrn für einen Vaterschaftstest finden lässt.«

»Und du glaubst, der Täter oder, wenn es Frau Siemers ist, die Täterin weiß davon.«

»Keine Ahnung. Aber Christina Poppinga und Elke Kuper waren Kolleginnen. Vielleicht sollte eigentlich Frau Kuper ermordet werden, was mich vermuten lässt, dass der Täter es weiß. Da fällt mir ein, Josefine wollte uns sprechen. Ich nehme an, sie hat ebenfalls das Foto von Lammers in der Zeitung gesehen. Fabian sah sie in der Bruchbude. Zudem war sie es, die Heike sagte, dass Frau Poppinga und Frau Kuper Kolleginnen waren.«

»Und Josefine hat eins und eins zusammengezählt«, beendete Ralf die Ausführung seines Kollegen.

»Exakt.«

»Dann rufe ich sie doch gleich mal an. Nicht, dass sie mal wieder einen Alleingang unternimmt, weil sie auch glaubt, Elke Kuper sei in Gefahr.« Gerade wollte Ralf Josefines Nummer aufrufen, da meldete sich Andreas' Handy mit dem Miss-Marple-Thema.

Rasch zog er es aus der Tasche und gab es Ralf.

»Ach, guck, wenn man vom Teufel spricht.« Ralf nahm das Gespräch an. »Hallo Josefine.« Am anderen Ende war nur ein Rascheln zu hören. »Josefine?« Nun vernahm Ralf ein Husten und dann eine gedämpfte männliche Stimme, konnte jedoch nicht verstehen, was gesprochen wurde. Dann sprach endlich Josefine, jedoch nicht mit Ralf und auch nicht in ihr Telefon:

»Luuk, hören Sie, das führt doch zu nichts. Die Polizei ist längst auf der Suche nach Ihnen und es wird nicht lange dauern, bis sie darauf kommen werden, dass Sie bei Elke Kuper sind.«

»Scheiße!«, fluchte Ralf leise. »Van Doorn ist schon da und Josefine auch. Drück auf die Tube!«

Kapitel 18

»Inske!« Zutiefst überrascht starrte Heike Kuper erst die junge Frau, dann Josefine an, nachdem sie die Haustür geöffnet hatte. »Aber was …«

»Wir müssen dringend mit Ihnen sprechen«, unterbrach Josefine die Hausherrin. »Die Polizei wird vermutlich auch bald hier sein.«

»Aber Fabian ist immer noch nicht zurückgekommen.«

»Das wissen wir. Um ihn geht es aber. Und es besteht die Möglichkeit, dass Sie in akuter Lebensgefahr schweben.«

»Kommen Sie erst mal rein. Wer sind Sie überhaupt?« Elke Kuper winkte die ungebetenen Besucherinnen mit einer nervösen Geste herein. Dann schloss sie die Tür, lief an Inske und Josefine vorbei und führte die beiden ins Wohnzimmer. »Lebensgefahr? Wie kommen Sie darauf?« Sie wies auf das Sofa. »Setzen Sie sich doch.«

»Zuerst einmal müssten Sie mir eine Theorie bestätigen.« Josefine nahm in einem Sessel Platz, Inske setzte sich aufs Sofa.

Elke Kuper setzte sich Josefine gegenüber und schaute sie ratlos an. »Welche Theorie?«

»Fabian ist Wilko Lammers' leiblicher Sohn«, platzte Josefine ohne Umschweife heraus.

»Ich … äh … also … Woher wissen Sie das?«

»Das tut jetzt nichts zur Sache. Wer weiß davon?«

»Allem Anschein nach mehr Menschen, als ich bisher glaubte.« Sie richtete den Blick auf Inske. »Was ist hier los und wo ist Fabian?«

»Ich weiß nicht, wo Fabian ist, aber bitte beantworte Josefines Frage, Elke.«

»Nun, von mir hat es nur Wilkos Notar erfahren, Doktor Dönnerschlach. Ich habe morgen einen Termin mit ihm, um zu besprechen, wie ich Fabians Anspruch auf Wilkos Vermögen geltend machen kann.«

»Sie wissen, dass Doktor Lammers eine Adoptivtochter hatte, die ermordet wurde?«, fragte Josefine.

Elke Kuper nickte. »Doktor Dönnerschlach hat mir auch gesagt, dass die leibliche Mutter des Mädchens nun das Erbe beansprucht und wohl auch ein diesbezügliches Testament existiert. Ich kann allerdings beweisen, dass Fabian Wilkos Sohn ist und ihm somit zumindest sein Pflichtteil zusteht.«

»Wie wollen Sie das beweisen?«, hakte Josefine nach.

Elke wich dem Blick der älteren Frau aus, als sie antwortete: »Vor ein paar Jahren war Wilko Patient in dem Krankenhaus, in dem ich arbeite. Ich bat eine Freundin unter einem Vorwand, eine Speichelprobe von Wilko zu nehmen. Keine Ahnung, warum ich das tat … Also … na ja, vielleicht doch … Ich wusste ja, dass Wilko kein armer Mann war …«

»Diese Freundin – Schwester Christina?«

»Ja …« Jetzt schaute Elke Josefine wieder an. »Aber … woher wissen Sie das alles?«

»Ihre Freundin wurde vor ein paar Stunden ermordet.«

Noch bevor Elke Kuper auf diese Schreckensnachricht reagieren konnte, drang plötzlich von der Haustür her das Geräusch eines klappernden Schlüsselbundes ins Wohnzimmer. »Fabian! Endlich!« Sie sprang auf und lief aus dem Raum.

Auch Inske und Josefine erhoben sich rasch, als sie einen erstickten Schrei hörten. Und bevor sie irgendwie reagieren konnten, kam Elke zurück ins Wohnzimmer. In ihren Augen stand die nackte Angst.

Hinter ihr kam Fabian herein. Ihm folgten Luuk van Doorn und Marc Welling. Beide hielten Waffen in ihren Händen.

»Los, alle hinsetzen«, kommandierte van Doorn. An Welling gerichtet, befahl er: »Nimm ihnen die Handys ab.«

Zuerst kassierte Marc Elkes Smartphone ein, das auf dem Sofatisch lag. Dann richtete er die Waffe auf Josefine. »Du kennst das ja schon. Her mit dem Telefon.«

Angesichts der auf sie gerichteten Waffe zögerte Josefine nicht, griff in die Tasche ihres Parkas und ertastete zwei Handys. Theda hatte ihres noch nicht aus der Jacke genommen! Das Smartphone der Freundin steckte in einer

Lederhülle und so zog sie dieses Gerät heraus und übergab es Marc.

Auch Inske reichte ihm ihr Telefon.

»Was wollen Sie von uns?«, fragte Elke Kuper mit zitternder Stimme.

Van Doorn grinste und ließ sich in einen Sessel fallen. »Weiß ich noch nicht. Kommt ganz drauf an, wie unsere Verhandlungen laufen werden.« Er wandte sich an Welling. »Sieh mal nach, ob es hier irgendwas zu trinken gibt. Und ihr setzt euch hin.«

Marc nickte und verließ umgehend das Wohnzimmer, nachdem er die Handys eingesteckt hatte.

Die drei Frauen nahmen ihre Plätze wieder ein. Fabian setzte sich neben Inske aufs Sofa.

»Welche Verhandlungen? Bitte! Sagen Sie mir doch, was Sie von uns wollen!«, flehte Elke.

»Er will Kohle«, antwortete Fabian. »Meine Erbschaft.«

Elke Kupers Kopf fuhr herum und sie starrte ihren Sohn erschrocken an. »Du weißt …?«

»Ich bin ja nicht blind. Bei Fenja gab's genug Fotos von ihrem Alten. Und sie hatte es sofort erkannt und mich darauf angesprochen.«

»Eure Familiengeschichten könnt ihr später zum Besten geben. Du kannst beweisen, dass dein Sohn der Erbe ist? Ich meine, dass er's ist, ist klar, sonst wären wir ja nicht damit beauftragt worden, ihn auch zu entsorgen. Aber gibt es wirklich einen Beweis dafür oder sieht er dem alten Lammers einfach nur sehr ähnlich?«

Luuks Aufmerksamkeit war nun komplett auf Elke Kuper gerichtet und so wagte es Josefine, ihr Handy ein Stück aus der Tasche zu ziehen. Mit fliegenden Fingern drückte sie Andreas' Nummer und steckte das Telefon zurück. Sie täuschte einen Hustenanfall vor, als das Gespräch angenommen wurde.

Sofort richtete van Doorn die Pistole auf Josefine. »Verreckst du jetzt, oder was?«

»Luuk, hören Sie, das führt doch zu nichts. Die Polizei ist längst auf der Suche nach Ihnen und es wird nicht lange dauern, bis sie darauf kommen werden, dass Sie bei Elke Kuper sind.«

»Warum sollten die auf die Idee kommen, dass ich hier bin?« Luuk van Doorn schien ehrlich überrascht zu sein. »Die suchen mich in Holland.«

»Nicht mehr, seit Sie die Krankenschwester umbrachten.«

»Krankenschwester? Ich habe keine Krankenschwester umgebracht. Warum sollte ich auch?«

Marc kam mit einer Wasserflasche zurück und stellte sie vor Luuk auf den Tisch.

»Weißt du was von einer ermordeten Krankenschwester?«, wandte sich Luuk an ihn.

Welling schüttelte den Kopf. »Ich nehme an, das hat unser Auftraggeber erledigt.«

»Wer ist Ihr Auftraggeber?«, wollte Josefine wissen.

»Das geht dich überhaupt nichts an, Alte!«, fuhr van Doorn sie an.

»Jetzt erklären Sie uns doch bitte, was Sie von uns wollen«, bat Elke noch einmal. »Vielleicht können wir das hier ganz schnell beenden, wenn ich in der Lage bin, zu tun, was Sie verlangen.«

»Nun, auch wenn Sie kooperieren, werden wir wohl noch eine Weile in Kontakt bleiben müssen. Wie viel wird Fabian erben?«

»Das weiß ich doch nicht!«, fuhr Elke auf. »Ich bin ja erst gestern überhaupt auf den Gedanken gekommen, dass Fabian erbberechtigt ist.«

»Na, die Schnellste ist sie nicht«, stellte Marc Welling fest.

»Werden es mehr als 150.000 Euro sein?«, ließ van Doorn nicht locker. »Auch wenn diese andere Frau etwas bekommt?«

»Davon gehe ich aus.«

Luuk van Doorn warf Marc Welling einen triumphierenden Blick zu, dann wandte er sich wieder an Elke Kuper: »Es wird Folgendes geschehen: Du sorgst dafür, dass dein Sprössling sein Erbe erhält, und wir kümmern uns so lange um deinen Sohn, bis der gesamte Betrag auf einem Konto eingegangen ist, das wir dir noch nennen werden. Klar so weit?«

»Das wird aber nicht so einfach werden, wie Sie sich das vorstellen«, sagte Elke Kuper.

Sie ignorierte den warnenden Blick, den Josefine ihr zuwarf.

»Soweit ich weiß, besteht ein Großteil des Erbes aus …«

»Das bekommt Frau Kuper schon irgendwie hin«, fiel Josefine ihr rasch ins Wort, denn sie konnte sich sehr gut vorstellen, wofür van Doorn die von ihm genannte Summe bekommen würde.

»Lass sie ausreden!«, fuhr van Doorn Josefine an. Wieder an Elke Kuper gewannt, wollte er wissen: »Woraus besteht der Großteil des Erbes?«

Nun schien auch Elke zu dämmern, was sie da gerade sagen wollte. »Ich … ähm … also … eigentlich weiß ich das gar nicht. Und die Frau hat recht. Ich werde das schon irgendwie schaffen. Nur tun Sie Fabian nichts!«

»Immobilien!«, rief Marc Welling plötzlich aus. »Das Vermögen besteht zum größten Teil aus Immobilien, richtig?« Er fixierte Elke mit seinem Blick.

Die arme Frau wusste nicht mehr ein noch aus. Ihre Augen schimmerten feucht, als sie Josefine hilfesuchend anschaute.

»So eine verdammte Scheiße!«, fluchte Welling. »Das kann Jahre dauern, bis alles vertickt und die Kohle auf unserem Konto ist!«

Luuk van Doorn nickte. »Das ist wahr. Also verfolgen wir doch besser Plan A. Da nun aber erheblich mehr Leute zu beseitigen sind als ursprünglich von unserem Auftraggeber geplant, muss ich da noch mal nachverhandeln. Halt die Typen in Schach. Ich geh mal eben raus telefonieren.« Der Niederländer zog sein Handy aus einer Tasche seiner Lederjacke und wandte sich zur Tür. Da hörten sie mit einem Mal das Signal von Martinshörnern, welches schnell lauter wurde.

»Fuck, fuck, fuck!«, brüllte Welling. »Die Bullen!«

»Hab ich doch gesagt«, bemerkte Josefine.

»Fresse, Alte!«

Doch Josefine ließ sich davon nicht beeindrucken. »Marc, seien Sie doch klug. Noch können Sie verschwinden. Direkt vor Ihnen ist eine Terrassentür. Hauen Sie ab.«

Marc schaute Luuk fragend an.

Das Heulen des Martinshorns erstarb. Der Einsatzwagen hatte sein Ziel erreicht.

»Wir werden gar nichts tun. Wir haben vier Geiseln. Die werden uns ziehen lassen«, behauptete er.

»Darauf würde ich mich nicht verlassen«, empfahl Josefine.

An der Haustür wurde Sturm geklingelt und jemand brüllte: »Polizei Norden! Öffnen Sie die Tür!«

»Kein Mucks! Von niemandem!« Marc hob drohend die Pistole.

Nun wurde mit der Faust vor die Tür gehämmert. »Frau Kuper! Hier ist die Polizei! Öffnen Sie die Tür!«

Das Signal eines weiteren Einsatzwagens näherte sich rasch.

»In zwei Minuten ist das Haus umstellt«, mahnte Josefine. »Wenn Sie jetzt nicht flüchten, dann kommen Sie hier nicht mehr frei raus. Da werden Ihnen auch keine Geiseln nützen.«

»Das werden wir ja sehen.« Mit zwei langen Schritten war Luuk bei Inske, packte die junge Frau am Oberarm und zerrte sie vom Sofa hoch. Er hielt ihr die Waffe an den Kopf. »Los! Geh zur Tür. Wir werden denen jetzt mal klarmachen, was hier abläuft.«

Inskes Gesicht hatte alle Farbe verloren und in ihren Augen stand nackte Panik.

»Lass Inske in Ruhe. Ich geh mit dir zur Tür«, bot sich Fabian an.

Van Doorn stieß jedoch nur ein spöttisches Lachen aus. »Die Bullen sind wesentlich pflegeleichter, wenn sie eine holde Maid in Gefahr sehen. So einer wie du ist denen doch scheißegal.« Er schob Inske zur Tür hinaus in den Flur.

Die im Wohnzimmer Zurückbleibenden horchten mit angehaltenem Atem auf das, was sich draußen abspielte.

»Wir haben Geiseln und Waffen!«, brüllte van Doorn. »Geht von der Tür weg! Ich mach jetzt auf!«

Sie hörten, wie die Tür geöffnet wurde.

Aus dem Augenwinkel sah Josefine, wie jemand kurz zum Wohnzimmerfenster hineinspähte. Das Haus war also bereits umstellt.

Glücklicherweise war auch Marc Welling auf das Geschehen vor dem Haus konzentriert, sodass er den Polizisten auf der Rückseite nicht bemerkt hatte.

»Geben Sie auf, Mann. Sie haben keine Chance!«, vernahm Josefine nun die Stimme von Hauptkommissar Coordes. »Nach allem, was wir bisher wissen, sind Sie nur in diese Situation gestolpert. Geben Sie auf, lassen Sie die Geiseln frei und alles wird sich finden.«

Luuk van Doorn lachte auf. »Das erzählt ihr Bullen doch immer! Und am Ende verrottet man im Knast!«

»Marc«, wandte sich Josefine an Welling. »Seien Sie doch nicht dumm. Wenn ich richtigliege, haben Sie bisher doch niemanden umgebracht. Wollen Sie diese Schuld auf sich laden? Ihr Kumpel lenkt die Polizei gerade ab. Hier ist ein Fluchtweg. Verschwinden Sie einfach von hier.«

Als Marc Welling Josefine anschaute, sah sie die Zweifel in seinen Augen. Ganz offensichtlich war der junge Mann hin- und hergerissen zwischen der Angst vor Luuk van Doorn und der, ins Gefängnis zu müssen. Die Entscheidung traf er dann ganz plötzlich. Er steckte die Waffe ein, sprang zur Terrassentür, riss sie auf und stürzte nach draußen. Es folgte ein kurzer Aufschrei und dann Oberkommissar Thobens Stimme: »Legen Sie die Hände an den Hinterkopf und rühren Sie sich nicht. Der Kollege wird Sie jetzt durchsuchen.«

»Waffe!«, folgte kurz darauf die Information des Kollegen, der offensichtlich Wellings Pistole entdeckt hatte.

»Abführen«, wies Ralf an.

Dann erschien erst die Hand mit der Dienstwaffe und schließlich Ralf selbst in der Tür.

»Van Doorn diskutiert noch mit Andreas«, zischte Josefine ihm zu. »Er hat Inske in seiner Gewalt.«

Ralf nickte und trat leise ins Wohnzimmer. Ohne Geräusche zu verursachen, durchquerte er den Raum, spähte kurz in den Flur, zog sich aber sofort ruckartig wieder zurück.

Es war Luuk van Doorn nicht entgangen, dass hinter seinem Rücken irgendetwas geschehen war. »Marc?«, rief er. »Alles in Ordnung bei dir?«

»Ihr Kumpel hatte wohl die Nase voll und wollte sich verdrücken«, war Andreas' Stimme zu hören. »Da, sehen Sie selbst. Er wird gerade zum Streifenwagen gebracht. Geben Sie auf, van Doorn.«

»Auf gar keinen … umpfh …« Ein Schuss krachte, Inske schrie auf, Ralf stürzte in den Flur und dann waren nur noch undefinierbare Geräusche zu hören.

»Inske!« Fabian war aufgesprungen, doch seine Mutter packte seinen Arm und hielt ihn krampfhaft fest.

»Alles in Ordnung!«, rief Andreas und tauchte nur Sekunden später selbst im Türrahmen auf.

Josefine sprang auf. »Was ist mit Inske?«

»Mir geht es gut.« Inske folgte Andreas, lief sofort zu Fabian und fiel ihm um den Hals.

Josefine umarmte Andreas dankbar.

Kapitel 19

»So, Herrschaften«, sagte Andreas Coordes, nachdem van Doorn und Welling von den Norder Kollegen abgeführt und in Gewahrsam genommen worden waren. »Was läuft hier?« Er schaute erst Fabian Kuper an, dann Josefine und Inske. »Und was sollte dieser Alleingang schon wieder?«

»Wir wollten Elke warnen!«, sagte Inske schnell. »Josefine hat ja versucht, Sie zu erreichen.«

»Wie wäre es mit dem einfachen Wählen dreier Ziffern gewesen? 110? Bekannt?« Auch Ralf war sichtlich angefressen.

»Wir waren ja nicht sicher, ob wir mit unserem Verdacht wirklich richtiglagen, und wollten nicht riskieren, einen Riesenalarm für nichts und wieder nichts zu machen«, verteidigte Josefine die Aktion halbherzig. Sie schalt sich selbst dafür, Inske nachgegeben und sie mitgenommen zu haben. Thedas Nichte derartig in Gefahr gebracht zu haben, war unverzeihlich. Vielleicht wurde sie doch langsam zu alt und sollte sich zukünftig lieber aufs Stricken und die Gartenarbeit konzentrieren.

»Gut, lassen wir das jetzt. Wir haben Wichtigeres zu besprechen und es warten noch Unterhaltungen mit den gerade Festgenommenen auf uns.« Andreas nahm in dem Sessel Platz, den vor Kurzem noch Luuk van Doorn in Beschlag genommen hatte, und schaute Elke Kuper an. »Der biologische Vater Ihres Sohnes ist also Wilko Lammers«, konfrontierte er sie.

Elke warf einen unsicheren Blick zu ihrem Sohn hinüber, der mit Inske auf dem Sofa saß und die Hand der jungen Frau hielt. Dann nickte sie.

»Und Sie haben das auch gewusst?« Andreas schaute Fabian an.

»Gewusst nicht, geahnt. Fenja hatte die Ähnlichkeit zwischen mir und Wilko Lammers bemerkt und wir haben versucht, Genaueres herauszufinden, als diese Frau auftauchte, die behauptete, Fenjas leibliche Mutter zu sein. Danach hatte Fenja nicht mehr so viel Interesse daran, herauszufinden, ob ich wirklich Lammers' Sohn bin. Und ja, somit hätte ich ein Motiv gehabt, Fenja umzubringen. Aber glauben Sie mir, ich hatte ganz andere Sorgen. Luuk hat mir nicht verziehen, dass ich nicht Teil seiner Meth-Mafia werden wollte, was mir mein Leben und meinen Job ganz schön schwer gemacht hat.«

»Job?«, hakte Ralf skeptisch nach.

»Ich denke, Sie wissen, was ich meine. Und Sie können sich bestimmt vorstellen, dass niemand gerne sein Dope bei jemandem kauft, über den jeden Moment ein paar Typen herfallen könnten, die ihn zusammenschlagen. Und sowas spricht sich schnell rum, glauben Sie mir.«

»Frau Tammen erzählte uns, dass Sie Antje Siemers, also Fenjas vermutlich leibliche Mutter, verdächtigten, Fenja umgebracht zu haben. Was brachte Sie zu dieser Vermutung?«, wollte Andreas wissen.

»Ist das nicht klar? Fenjas Adoptiveltern sterben durch einen Unfall, der vielleicht gar keiner ist, und plötzlich taucht die Mutter auf, die die Tochter, die sie weggegeben hat, auf einmal so sehr vermisst? Merken Sie selbst, oder?«

»Hat Fenja dieser Frau denn erzählt, dass Sie womöglich Wilko Lammers' Sohn sind?«, mischte sich Josefine nun ein.

Fabian zuckte mit den Schultern. »Gesagt hat sie nichts darüber.«

Andreas' Handy klingelte. Er schaute kurz auf das Display, nahm das Gespräch an und sagte: »Alles in Ordnung, Schatz. Josefine und Thedas Nichte sind unversehrt und die bösen Buben dürften inzwischen die Gastfreundschaft der Norder Kollegen genießen.« Dann hörte der Hauptkommissar seiner Frau eine ganze Weile zu, während seine Gesichtsmimik immer mehr Erstaunen ausdrückte. Schließlich fragte er nach einem Blick auf seine Armbanduhr: »Hast du die Privatadresse? In der Kanzlei dürfte um diese Zeit ja wohl niemand mehr sein.«

Offensichtlich hatte Heike Coordes diese, denn Andreas nannte an Ralf gewandt eine Adresse in Norddeich.

Als er das Telefonat beendet hatte, wandte Andreas sich an Elke Kuper: »Sie haben sich an Doktor Dönnerschlach gewandt, um den Anspruch Ihres Sohnes einzufordern?«

Elke nickte.

»Und Sie haben ihm auch mitgeteilt, dass Sie mittels Lammers entnommener DNA die Vaterschaft nachweisen können?«

Wieder nickte sie.

»Nannten Sie ihm auch den Namen Christina Poppinga?«

»Oh, mein Gott!« Elke starrte den Kommissar entsetzt an. »Ich bin schuld, dass Christina umgebracht wurde! Ja, ich habe ihm den Namen genannt. Er fragte mich, ob ich jemanden benennen könnte, der bezeugen würde, dass die Probe von Wilko stammt!« Erst jetzt schien sie zu realisieren, dass ihre Freundin und Kollegin tot war; ermordet, weil jemand nicht wollte, dass Fabian zu seinem Recht kam. Tränen schossen in ihre Augen.

Andreas stand auf. »Wir werden noch Ihre Zeugenaussagen benötigen und Sie dafür zu uns einladen. Zunächst wäre es das aber erst einmal. Erholen Sie sich ein wenig von der Aufregung.« Er schaute Josefine an. »Wir fahren jetzt nach Norddeich und können dich und Inske mitnehmen.«

Auch wenn Inske sich nur schwer von Fabian trennte, so wollte sie doch unbedingt zu Theda, die sich garantiert gerade riesige Sorgen machte. Schließlich hatte sie nicht einmal ein Telefon, um sich nach ihr und Josefine zu erkundigen, denn das war zurzeit in den Händen der Norder Polizei.

»Der Notar ist in den Fokus der Ermittlung gerückt?«, hakte Josefine nach, sobald sie im Auto saßen.

»Heike hat Dönnerschlachs Hintergrund gecheckt und dabei festgestellt, dass der gute Mann nicht nur arg überstrapazierte Bankkonten hat, sondern selbst schon häufiger mit uns zu tun hatte. Offenbar ist er ein Freund des weißen Pulvers, das man sich durch die Nase zieht, und der Damen des horizontalen Gewerbes. Die Kollegen haben ihn schon mehrfach bei der Ausübung eines dieser Hobbys in die Finger bekommen. Natürlich hat er sich jedes Mal irgendwie herauswinden können, doch ein Telefonat mit einem der Kanzleipartner ergab, dass sie gerade dabei sind, diese Partnerschaft aufzulösen, um Dönnerschlach loszuwerden.«

»Ah, durch das weiße Pulver kennt er wahrscheinlich van Doorn und Welling«, vermutete Ralf.

»Davon ist auszugehen«, stimmte Andreas zu.

»Aber wozu? Was hat dieser Mann davon?«, fragte nun Inske. »Dass Luuk und Marc Elke und Fabian erpressen wollten, ihnen Fabians Erbe zu überlassen, kann ich ja noch irgendwie nachvollziehen. Aber der Notar kann doch nichts erben, oder?«

»Nein, kann er nicht«, antwortete Josefine. »Aber ich nehme an, er hat Antje Siemers irgendwie in der Hand und will darum, dass sie alles erbt. Deshalb wollte er sämtliche anderen Erben und diejenigen, die um Fabians Rolle in dieser Geschichte wissen, beseitigen.«

»Das alles für ein bisschen Geld?«, fragte Inske entsetzt.

»Es ist nicht nur ein bisschen Geld«, korrigierte Andreas. »Nach allem, was wir bis jetzt recherchiert haben, geht es tatsächlich schon bei den Immobilien, die sich im Besitz der Familie Lammers befanden, um mehrere Millionen. Für normale Menschen immer noch kein Grund, jemanden umzubringen, aber grundsätzlich zumindest ein für Doktor Dönnerschlach nachvollziehbares Motiv. Van Doorn hätte rein gar nichts davon gehabt, sofern das Erbe nicht auch noch reichlich Bargeld beinhaltet.«

Sie waren am Ferienhaus angekommen.

»Wir sprechen uns morgen. Jetzt erholt euch erst mal ein wenig. Gute Nacht.«

Die Kommissare warteten noch, bis Josefine und Inske im Haus verschwunden waren, dann fuhren sie zu Dönnerschlachs Privatadresse, die außerhalb des Ortskerns lag.

»Ach herrje! Der ist verheiratet«, stellte Ralf mit einem Blick auf das Türschild fest. »Ob Frauke Dönnerschlach weiß, was für ein Herzchen ihr holder Gatte ist?«

»Dönnerschlach ist kein übler Schauspieler, von daher … Aber meistens ahnen Ehefrauen so etwas zumindest.« Andreas drückte die Klingel.

»Moin. Was kann ich für Sie tun?« Frauke Dönnerschlach schaute den Kommissaren fragend entgegen, als sie nach einem weiteren Klingeln und mehreren Minuten des Wartens die Tür öffnete.

Andreas stellte Ralf und sich vor. »Wir müssen dringend mit Ihrem Mann sprechen.«

»Der ist nicht hier. Wahrscheinlich ist er noch in der Kanzlei. Sollte die Polizei ihn nicht grundsätzlich dort und auch während der Geschäftszeiten aufsuchen? Auch Anwälte haben ein Privatleben.«

»Tut uns sehr leid«, entschuldigte sich Andreas. »Aber angesichts der Uhrzeit waren wir nicht davon ausgegangen, Ihren Mann noch in der Kanzlei aufzusuchen. Und leider richtet sich unsere Arbeit nicht nach Geschäftszeiten.«

Offenbar sah Frauke Dönnerschlach das ein, denn sie bot an: »Ich rufe meinen Mann eben an und sage ihm, dass er im Büro auf Sie warten soll. Wäre ja zu dumm, wenn Sie aneinander vorbeifahren.«

Sie wollte die Tür wieder schließen, doch Andreas war schneller und trat unaufgefordert ein, was die Hausherrin mit einem missmutigen Blick quittierte, jedoch nichts dazu sagte. Rasch wandte sie sich um und ging eilig voraus.

Die Kommissare folgten ihr in ein zwar äußerst minimalistisch, aber dennoch geschmackvoll eingerichtetes Wohnzimmer.

Andreas sah, wie Frauke Dönnerschlach sich rasch nach etwas Buntem bückte, das auf dem Boden lag, und es in einer Tasche ihrer Strickjacke verschwinden ließ. Dann nahm sie ihr Handy vom Tisch, rief die gewünschte Nummer auf und lauschte mit dem Telefon am Ohr auf das Freizeichen. Schon öffnete sie den Mund, um etwas zu sagen, doch dann zuckte sie mit den Schultern und drückte das Gespräch weg. »Wahrscheinlich ist er schon unterwegs. Es geht nur die Mailbox ran. Aber warten Sie, ich versuch's über die Zentrale. Manchmal ist auch dort jemand noch länger im Büro.«

Tatsächlich leistete dort jemand wohl gerade Überstunden, denn Frauke Dönnerschlach sagte: »Moin Dörte. Sag, ist mein

Mann schon nach Hause unterwegs?« Ihre Miene verfinsterte sich, während sie einer anscheinend ausschweifenden Antwort lauschte. Schließlich bedankte sie sich und warf das Handy auf den Tisch. »Angeblich ist er noch mit einem Mandanten essen. Dörte sagte, es könnte dauern.«

»Und Sie bezweifeln das?«, hakte Andreas nach.

Die Frau stieß ein abfälliges Lachen aus. »Keno denkt zwar immer, ich bekäme nichts mit, dabei vergisst er aber, dass wir nicht in einer Großstadt leben. Natürlich weiß ich, dass er herumhurt. Die einschlägigen Adressen dafür dürften Ihnen ja wohl bekannt sein. Suchen Sie da nach ihm.« Frauke Dönnerschlach begleitete die Kommissare zur Tür. Andreas hatte schon die Klinke in der Hand, da sagte sie: »Er hat große Probleme, oder?«

Andreas nickte. »Danach sieht es aus.«

»Sollte ich besser meine Koffer packen?«

»Wird nicht nötig sein. Wenn wir richtigliegen, dann wird Ihnen das Haus für eine ganze Weile alleine gehören.«

»Denkst du, wir finden Dönnerschlach bei Antje Siemers?«, fragte Ralf und schnallte sich an.

»Oder er ist inzwischen auf der Flucht, falls van Doorn und Welling ihn als ihren Anwalt genannt und angerufen haben.«

»Mit etwas Glück ist er auch da nicht ans Telefon gegangen. Ich würde sagen, wir schauen einfach bei Frau Siemers vorbei. Die muss uns ohnehin die eine oder andere Frage beantworten.«

»Was ist denn da los?« Erstaunt schauten die Kommissare auf die Blaulichter zweier Streifenwagen, als sie einige Minuten später in die Straße einbogen, in der Antje Siemers wohnte.

»Hoffentlich ist da nix eskaliert.« Andreas fuhr den Wagen in eine Einfahrt und stellte den Motor ab. Rasch stiegen die Männer aus und liefen zu einem der uniformierten Kollegen, der dafür sorgte, neugierige Nachbarn auf Abstand zu halten.

»Was ist passiert?«, fragte Ralf und präsentierte dem Uniformierten seinen Dienstausweis.

»Aurich? Was tut ihr denn hier?«

»Zeugenvernehmung. Und die Zeugin wohnt in diesem Haus.« Andreas wies auf die hell erleuchtete Doppelhaushälfte, deren Haustür weit offen stand. »Also, was ist passiert?«

»So genau wissen wir das noch gar nicht. Die Kollegen sprechen gerade mit der Nachbarin, die uns alarmierte. Geht wohl um häusliche Gewalt.«

»Wurde jemand verletzt?«

»Es war gar keiner im Haus, als wir eintrafen.«

»Scheiße!«, fluchte Ralf. »Ob Dönnerschlach die Siemers als Geisel mitgenommen hat?«

»Eine Geiselnahme?«, fragte der uniformierte Kollege überrascht, doch die Kommissare waren bereits zu dem mit der Nachbarin sprechenden Polizisten gelaufen.

Hier verzichteten sie auf eine Vorstellung und zeigten nur kurz die Dienstausweise.

»Haben Sie etwas beobachtet?«, wandte Andreas sich umgehend an die recht verstört wirkende Mittsechzigerin.

»Hab ich schon Ihrem Kollegen gesagt. Der Typ hatte eine Waffe. Sie sind dann mit Antjes Wagen weg. Die Arme! Wenn der ihr etwas antut! Dabei wirkte der so zivilisiert.«

»Wir haben die Fahndung nach Frau Siemers' Wagen schon eingeleitet«, informierte der Kollege.

Im selben Moment knackte es kurz in seinem Funkgerät und dann meldete sich die Leitstelle: »Flüchtiges Fahrzeug gestellt. B 72 in Höhe der Solaranlage. Die Kollegen benötigen schnellstmöglich Unterstützung.«

Sofort sprinteten Ralf und Andreas zu ihrem Wagen und sprangen hinein. Andreas raste rückwärts aus der Einfahrt und folgte dann einem der Streifenwagen, der ebenfalls zur Verstärkung der Kollegen eilte.

Der Streife, die Antje Siemers' Wagen gestellt hatte, war es gelungen, das Fahrzeug von der Straße in eine Ackerzufahrt abzudrängen, wo es nun stand. Der Motor war aus, vermutlich abgewürgt von Antje Siemers, die, wie die Kommissare im Licht der Scheinwerfer des Streifenwagens erkennen konnten, mit angstvoll geweiteten Augen am Steuer saß.

Dönnerschlach saß auf dem Beifahrersitz, und seiner Miene war deutlich zu entnehmen, dass er mit seinem Latein am Ende war und weder ein noch aus wusste, was ihn, mit einer Pistole in der Hand, ausgesprochen gefährlich machte.

»Er sitzt da einfach nur und reagiert gar nicht auf uns«, informierte einer der Polizisten, die den Wagen gestellt hatten. »Wie bekommen wir ihn da raus? Oder sollten wir einen Psychologen anfordern? Ich mache mir Sorgen, dass ihm die Nerven durchgehen.«

Andreas nickte. Er hatte gesehen, dass das Fenster auf der Beifahrerseite ein Stück geöffnet worden war. Womöglich wollte Dönnerschlach mit der Polizei sprechen. Darum trat er ins Scheinwerferlicht und hob die Hände, um Dönnerschlach zu zeigen, dass er unbewaffnet war.

Der Anwalt richtete seinen Blick auf den Hauptkommissar, hielt die Waffe aber weiterhin auf Antje Siemers gerichtet.

Andreas wagte sich einige Schritte auf das Auto zu, bis Dönnerschlachs Hand, die die Pistole hielt, zuckte.

»Doktor Dönnerschlach!«, rief Andreas. »Sie sind doch ein kluger Mann. Ihnen dürfte klar sein, dass Sie keine Chance mehr haben. Laden Sie nicht noch einen Mord auf Ihr Gewissen und lassen Sie Frau Siemers gehen!«

»Ich habe nichts mehr zu verlieren!«, brüllte Dönnerschlach zurück.

»Genau. Sie können nur noch gewinnen. Und zwar, indem Sie Frau Siemers gehen lassen und sich freiwillig stellen.« Ganz langsam ging Andreas weiter, von der Motorhaube weg und zur Beifahrerseite. Im Notfall hatten die Kollegen jetzt freies Schussfeld. »Ich habe mit Ihrer Frau gesprochen«, fuhr Andreas fort. »Sie wartet auf Sie, und bestimmt würde sie nicht wollen, dass noch ein weiterer Mensch durch Ihre Hand stirbt.«

Dönnerschlach wandte den Kopf in Andreas' Richtung und schaute den Kommissar an. In seinem Blick stand schiere Verzweiflung. Plötzlich zielte er nicht mehr auf Antje Siemers, sondern richtete die Waffe auf seine eigene Schläfe.

Dann passierte alles auf einmal: Antje Siemers erkannte ihre Chance, stieß die Autotür auf und ließ sich aus dem Sitz nach draußen fallen, Andreas warf sich zu Boden und Dönnerschlach schrie auf, als Ralfs Kugel seine gegen sich selbst erhobene Hand traf.

Sofort waren die Kollegen da und zerrten den Anwalt aus dem Fahrzeug. Ein weiterer Polizist kümmerte sich um Antje Siemers, während Ralf Andreas die Hand entgegenhielt, um ihm wieder auf die Beine zu helfen.

»Guter Schuss«, lobte Andreas. »Das hätte aber auch schiefgehen können. Ich meine, da war noch eine Windschutzscheibe zwischen dir und deinem Ziel. Außerdem hätte er vor Schreck abdrücken können.«

Ralf grinste. »Gelernt ist gelernt. Und ich hatte darauf spekuliert, dass die Waffe noch gesichert war.«

»War sie«, informierte der Kollege, der Dönnerschlachs Pistole sichergestellt und das Gespräch mitbekommen hatte.

»Mein Sohn!« Antje Siemers stürzte auf die Kommissare zu. »Er muss mir sagen, wo mein Sohn ist!«

»Wie bitte?« Andreas schaute die Frau irritiert an.

»Er hat meinen Sohn entführt und mir gedroht, ihn erst wiederzusehen, wenn ich ihm das Erbe überschrieben habe!«

Ralf war bereits bei den Kollegen, die sich um den verletzten Anwalt kümmerten. »Dönnerschlach!«, fuhr er den jetzt am Boden Liegenden an. »Wo ist das Kind?«

»Das Arschloch hat auch noch ein Kind entführt?«, hakte einer der Polizeibeamten nach.

Ralf nickte.

Der Kollege wies auf Dönnerschlach. »Siehste selbst. Das Weichei hat sich für eine Weile ins Land der Träume verabschiedet. Von dem erfahren wir gerade nichts.«

Andreas war hinzugekommen, schlug Ralf auffordernd auf die Schulter und sagte: »Komm, ich weiß, wo wir den Jungen finden.« An die uniformierten Kollegen gewandt, bat er: »Kümmert ihr euch darum, dass Frau Siemers nach Hause kommt beziehungsweise auch ärztlich versorgt wird, falls nötig.«

»Sicher. Viel Glück.«

Die Kommissare sprinteten zum Auto.

»Frau Dönnerschlach ist gar nicht die arme, betrogene Ehefrau«, fiel nun auch bei Ralf der Groschen. »Das war ein Spielzeug, was sie da rasch vom Boden aufhob, als wir ungebeten ins Haus gelatscht sind.«

Andreas trat das Gaspedal durch.

Sie kamen rechtzeitig, um zu verhindern, dass Frauke Dönnerschlach ihre Koffer in das wartende Taxi lud.

»Wo ist der Junge?«, herrschte Andreas sie an, während Ralf ihr demonstrativ die Handschellen entgegenhielt.

»Ich kann dann wohl wieder fahren?«, vermutete der Taxifahrer richtig.

»Wir übernehmen den Transport«, entgegnete Ralf. »Wohin wollte die gute Frau denn?«

Der Taxifahrer seufzte theatralisch. »Hamburg, Flughafen. Da entgeht mir gerade ein schöner Umsatz.«

»Tragen Sie's mit Fassung«, empfahl Ralf und legte Frauke Dönnerschlach die Handfesseln an, während Andreas bereits im Haus verschwunden war.

Einige Minuten später kam er mit einem etwa fünfjährigen Jungen auf dem Arm wieder heraus. »Das ist Finn«, stellte er Ralf den Kleinen vor. Und an Finn gewandt: »Das ist Ralf. Er ist ebenfalls Polizist. Und wir beide bringen dich jetzt zu deiner Mama.«

Finn lächelte und nickte dann heftig mit dem Kopf.

Es kam dann doch anders, denn der Junge war derartig fasziniert von dem eigentlich zum Abtransport Frauke Dönnerschlachs herbeigerufenen Streifenwagen, dass Andreas die Kollegen damit betraute, Finn zu seiner Mutter zu bringen, und sie selbst die Festgenommene in den Gewahrsam der Norder Kollegen übergaben.

»Für heute reicht's mir«, sagte Andreas, nachdem das erledigt war, mit einem Seufzer. »Um alles andere kümmern wir uns morgen.«

Kapitel 20

Trotz der Aufregungen des vorangegangenen Tages waren Josefine und Theda früh aufgewacht und hatten nach einem herzhaften Frühstück einen ausgiebigen Spaziergang mit den Hunden unternommen.

Nun saßen sie in der Küche und tranken Tee, als Josefines Handy klingelte und eine ihr unbekannte Nummer anzeigte. Sie meldete sich.

»Moin Josefine, Inske hier. Tante Theda hat ja gerade kein Telefon, aber glücklicherweise hatte sie mir irgendwann einmal deine Nummer gegeben.«

»Moin Inske. Alles gut bei dir?«

»Ja, danke, alles gut. Ich wollte nur Bescheid sagen, dass ich heute Morgen zur Arbeit gegangen bin, und euch fragen, ob ihr nicht Lust habt, später den geplanten Besuch nachzuholen. Ich würde euch so gerne unsere Schützlinge vorstellen.«

Josefine lächelte ob der Begeisterung, die in Inskes Stimme zu hören war. Offensichtlich hatte die junge Frau die Schrecken und Aufregungen der letzten Tage sehr gut weggesteckt. »Ich denke, das lässt sich machen. Ich würde mich auf jeden Fall sehr freuen. Warte einen Augenblick.« Sie wandte sich an Theda: »Deine Nichte fragt, ob wir später zur Station kommen wollen.«

»Großnichte«, korrigierte Theda. »Und ja, sehr gerne.«

Josefine grinste. »Sie ist immer noch sauer auf uns. Hast du gehört, was sie gesagt hat?«

Am anderen Ende der Leitung lachte Inske. »Ja, hab ich. Dann bis nachher.«

»Bis nachher.«

Theda verschränkte die Arme vor der Brust. »Ich habe auch allen Grund, sauer auf euch zu sein. Sich so dumm in Gefahr zu begeben! Ich glaube, du wirst langsam alt! Und mein Handy habt ihr auch verschusselt.«

»Du irrst, Theda. Ich werde nicht alt, ich bin's schon. Und dein Handy hat die Norder Polizei. Das bekommen wir schon noch wieder. In einem Punkt stimme ich dir allerdings zu. Das war wirklich blöd.« Josefine zuckte mit den Schultern. »Aber du kennst mich. Ich gerate auch immer wieder in solche Situationen, wenn ich überlegt handle.«

Theda, die der Freundin noch nie lange hatte böse sein können, grinste. »Die Neugier ist der Tod der Katze. Wie viele Leben hast du noch?«

Auch Josefines Mundwinkel hoben sich. »Och, so drei oder vier, denke ich.«

Plötzlich richtete sich Thedas Aufmerksamkeit auf das Fenster. »Guck mal!«, rief sie aus. »Dein Auto!«

Tatsächlich rollte der schwarze Mercedes auf das Haus zu, und als er vorbeifuhr, erkannten sie Ralf am Steuer. Gleich dahinter kam Andreas mit dem Dienstwagen.

»Na, dann setze ich mal 'ne Kanne Kaffee auf.« Theda erhob sich. »Mit Tee brauche ich den Herren Kommissaren ja gar nicht erst zu kommen.«

Auch Josefine stand auf und ging zur Tür, um die Freunde hereinzulassen.

Lächelnd übergab Ralf ihr die Autoschlüssel. »Ich wollte ihn ja schon immer mal fahren. Fährt sich erstaunlich gut.«

»Die Rechnung wird dich zu Hause im Briefkasten erwarten«, fügte Andreas hinzu.

Josefine bedankte sich überschwänglich und führte die Kommissare dann ins Wohnzimmer.

»Und? Was ist mit Dönnerschlach?«, fragte Theda sofort, die mit vier Kaffeebechern in den Händen hinterherkam.

»Liegt nach einem Kunstschuss von Ralf unter Bewachung im Krankenhaus. Sie mussten seine Hand wieder zusammenflicken. Aber immerhin haben allen Beteiligten vollumfängliche Geständnisse abgelegt.«

Sobald Theda den Kaffee gebracht und allen eingeschenkt hatte, berichteten die Kommissare, was am gestrigen Abend noch geschehen war, nachdem sie Inske und Josefine zum Ferienhaus gebracht hatten.

»Was für grauenhafte Menschen! Einfach unfassbar!« Theda hatte vor lauter Ärger über die Machenschaften des Anwalts und dessen Frau hektische Flecken im Gesicht.

»Tatsächlich stammte die ursprüngliche Idee für alles von Frauke Dönnerschlach, die nicht damit umgehen konnte, dass ihr Luxusleben in absehbarer Zeit vorbei sein sollte. Sie ist dem weißen Pulver ebenfalls sehr zugetan und kannte dadurch auch van Doorn. Ohne Wissen ihres Mannes beauftragte sie ihn damit, den Unfall zu provozieren, der ja dann aus ihrer Sicht erfolgreich vonstattenging. Den Wagen haben wir inzwischen auch gefunden. Die hatten ihn in Einzelteile zerlegt und diese Teile überall auf dem runtergekommenen Hof versteckt. Und ob man es nun glauben mag oder nicht – Frauke Dönnerschlach tötete auch Fenja.«

Josefine und Theda schauten Andreas betroffen an.

Der fuhr fort: »Sie hatte sich mit Fenja verabredet, damit diese früher nach Hause fahren würde. Schließlich kannten sich die beiden seit Jahren und Fenja schöpfte darum wohl auch keinen Verdacht. Dann besuchte sie die Seehundstation, schlich sich in den Personalbereich und versteckte sich dort, bis Fenja nach Feierabend zu ihrem Fahrrad ging. Verschwunden ist sie dann tatsächlich über die Leiter, auf die uns Fetting aufmerksam gemacht hatte. Frauke Dönnerschlach gab an, die Seehundstation als Tatort gewählt zu haben, weil sie Angst hatte, dass jemand sie oder ihren Wagen an Fenjas Haus sehen und erkennen würde. Schließlich sind die Dönnerschlachs keine Unbekannten im näheren Umkreis.

»Aber woher kannte Frauke Dönnerschlach Antje Siemers überhaupt und woher wusste sie, dass Fenja Lammers deren Tochter ist?«, wollte Josefine wissen. »Ich meine, so etwas fällt einem ja nicht einfach ein.«

»Purer Zufall. Frau Siemers suchte anwaltlichen Rat bei Dönnerschlach. Er erkannte die Ähnlichkeit zu Fenja und erzählte seiner Frau davon. Die suchte Kontakt zu Antje Siemers, stellte die entsprechenden Fragen und recherchierte irgendwie den Rest. Dummerweise hatte sie nicht mit einkalkuliert, dass Frau Siemers mit der Adoption sämtliche Rechte abgetreten hatte und somit gar nicht erbberechtigt war.«

»Darum das Testament«, stellte Theda fest. »Aber wie brachten sie Fenja dazu? Wie Josefine erzählte, sah es doch so aus, als hätten Fenja und Fabian Kuper herausgefunden, dass Fabian Wilko Lammers' Sohn war.«

»Das Testament wurde nicht von Fenja geschrieben. Dönnerschlach beauftragte einen Fälscher, den er vertritt. Anhand der Weihnachts- und Geburtstagskarten von Fenja, die die Dönnerschlachs aus irgendeinem Grund, der sich nur ihnen erschließt, aufbewahrt hatten, war es diesem Mann ein Leichtes, so eine Fälschung herzustellen. Dann entführte ebenfalls Frauke Dönnerschlach den Jungen, um Antje Siemers gefügig zu machen.«

»Aber das hätte doch Jahre gedauert, bis Antje den Dönnerschlachs alles vermacht hätte, oder?« Theda schüttelte verständnislos den Kopf. »Wollten die den armen Jungen so lange seiner Mutter entziehen?«

»Dönnerschlach ist Anwalt und Notar«, erinnerte Ralf. »Der hätte schon eine Möglichkeit gefunden, die Angelegenheit schnell über die Bühne zu bringen. Und ich denke, nachdem Fenja ermordet wurde, hätte er Finn Siemers auch als Druckmittel nutzen können, ohne ihn in seiner Gewalt zu haben. Alleine die Drohung, ihn zu töten, hätte vermutlich gereicht, um Antje Siemers unter Kontrolle zu halten. Ich glaube, dadurch, dass sie damals Fenja weggeben musste, liebt sie Finn noch mehr, als sie es ohnehin tun würde.«

»Und dann meldete sich plötzlich Elke Kuper bei Dönnerschlach und behauptete, dass Fabian Wilko Lammers' Sohn und somit seit 2010 erbberechtigt ist. In diesem Jahr wurde das Erbrecht geändert und auch uneheliche Kinder haben inzwischen einen gesetzlichen Anspruch. Sie teilte ihm auch gleich mit, dass sie den Beweis erbringen könne, und nannte auf Nachfrage Christina Poppinga als Zeugin, da diese ja die Probe von Lammers entnommen und auch das Teströhrchen beschriftet hatte.«

»Wer brachte die Krankenschwester um?«, fragte Theda.

»Dönnerschlach selbst, nach Anweisung seiner Frau. Sie hatte geglaubt, wir würden bei gleicher Todesart auf einen Serienkiller schließen und nicht nach Zusammenhängen suchen.«

»Die gute Frau schaut zu viele Krimis«, bemerkte Theda.

»Zumal Dönnerschlach bei unserer ersten Befragung selbst darauf hinwies, dass womöglich auch die Eheleute Lammers ermordet worden waren.«

»Wir hatten ihn da ja auch mit unserem Besuch überrascht«, wandte Ralf ein. »Uns kriminalistischen Spürsinn seinerseits zu suggerieren, hielt er in diesem Moment wohl für die beste Möglichkeit, selbst unverdächtig zu erscheinen. Was ihm schließlich auch gelungen ist, nebenbei bemerkt.«

»Und wie kam Luuk van Doorn auf die Idee, Fabians Erbe erpressen zu wollen?« Theda sah nach wie vor ratlos aus. »Wenn ich das richtig verstanden habe, wurden er und Welling doch von Frau Dönnerschlach beauftragt, die Eheleute Lammers umzubringen, was sie mit diesem provozierten Unfall ja auch taten. Wie kamen sie darauf, dass Fabian der eigentliche Erbe ist?«

»Dönnerschlachs Empfangssekretärin und ehemalige Angestellte von Wilko Lammers ist Marc Wellings Schwester. Sie hatte schon länger die Vermutung, dass Fabian Wilko Lammers' Sohn ist, und hat das gegenüber ihrem Bruder geäußert, als Frau Siemers das erste Mal in der Kanzlei war und sie mitbekam, dass es um das Erbe der Lammers ging. Denn als Dönnerschlach uns hinzurief, um uns Frau Siemers als plötzlich aufgetauchte Erbin, die er angeblich selbst vorher nicht kannte, vorzustellen, war sie schon mehrfach dort gewesen. Hätte Frau Welling nicht nur Andeutungen gemacht, als sie uns ansprach, sondern wäre gleich mit allem herausgerückt, würde zumindest Frau Poppinga noch leben. Aber das muss sie mit ihrem Gewissen vereinbaren.«

»Und Fabian wusste von alldem?«, wollte Josefine wissen.

Andreas schüttelte den Kopf. »Er vermutete, dass irgendetwas nicht mit rechten Dingen zuging. Seiner Aussage nach wirkte Frau Siemers ängstlich und nervös auf ihn, wann immer er sie getroffen hat. Dass sie Fenjas Mutter war, hat er nie bezweifelt, denn so, wie er Wilko Lammers wie aus dem Gesicht geschnitten ist, war Fenja das gespuckte Ebenbild ihrer Mutter. Als Fenja ermordet wurde, geriet er in Panik, da ihm schnell klar wurde, dass er verdächtig war, und hat völlig falsch gehandelt. Statt sich uns anzuvertrauen … na ja, diesen Teil der Geschichte kennt ihr ja quasi hautnah.«

»Es tut uns auch wirklich leid«, entschuldigte Josefine sich zerknirscht.

Ralf grinste. »Jetzt sag bloß nicht noch, es käme nie wieder vor. Denn ich wage zu behaupten, dass das eine glatte Lüge wäre.«

Am späten Nachmittag fuhren Theda und Josefine zur Seehundstation. Die würde zwar in wenigen Minuten schließen, doch Inske hatte dafür gesorgt, dass die beiden eine Privataudienz bei den Seehunden bekommen würden.

Beate Konken, die an der Kasse saß, erkannte Josefine sofort wieder. »Ach, das ist ja schön, dass Sie uns besuchen. Inske hat schon erzählt, dass Sie behilflich waren, Fenjas Mörder dingfest zu machen. Kam heute Morgen in den Nachrichten, dass alle Beteiligten nun hinter Schloss und Riegel sitzen. Furchtbar, dass es solche Menschen gibt!«

»Da seid ihr ja!« Inske tauchte von irgendwoher auf. Sie wirkte fröhlich und gelöst und hielt Fabians Hand.

»Herr Kuper? Was tun Sie hier?«, erkundigte sich Theda.

Inske lächelte. »Er hat sich auch heute die Station angeschaut. Am nächsten Ersten beginnt sein Praktikum, und wenn er sich gut schlägt, dann darf er hier eine Ausbildung zum Tierpfleger machen.«

»Das ist großartig!«, freute sich auch Josefine.

»Na, dann wünsche ich Ihnen viel Spaß bei unseren Heulern«, sagte Beate Konken und verabschiedete sich.

Tim Fetting und alle anderen Kollegen begrüßten Josefine diesmal mit einem Lächeln. Es war schön, diese engagierten Menschen so fröhlich und befreit erleben zu dürfen und nicht traurig und verstört wie beim ersten Besuch.

Stolz führte Inske ihre Gäste zu den Heulern.

»Das sind ja gar nicht so viele, wie ich dachte«, bemerkte Josefine.

»Das liegt an der Jahreszeit«, erklärte Inske. »Richtig voll ist es hier zum Sommeranfang, wenn die meisten Heuler zur Welt kommen. Jetzt sind es nur noch wenige.« Sie zwinkerte Josefine zu. »Aber auch die wenigen fressen eine ganze Menge.«

Josefine grinste. »Richtig. Das hatte ich auf der Webseite gelesen, denn natürlich hatte ich mich ein wenig informiert, bevor ich zu Theda fuhr. Die Station finanziert sich zum Großteil aus Spenden, richtig?«

Inske nickte.

»Und ich habe auch gelesen, dass man mit einer Patenschaft unterstützen kann.«

»Das stimmt.«

»Ich hätte wirklich gerne so ein heulendes Patenkind. Welcher hat denn noch keinen Paten?«

Tim Fetting, der noch in der Nähe gestanden und das Gespräch mitbekommen hatte, trat nun hinzu und wies auf einen noch recht mager wirkenden Schützling. »Dieser wäre noch frei und die beiden im Becken dahinter.«

»Der Hungerhaken sieht so aus, als bräuchte er wirklich dringend eine Patin«, sagte Josefine lachend.

»Du darfst ihm einen Namen geben.« Inske strahlte Josefine an.

Die überlegte nicht lange. »Ich vermisse meinen Hund so sehr, darum taufe ich ihn ›Sir Toby‹. Einverstanden?«

Tim Fetting grinste. »Einen Sir hatten wir hier noch nicht, glaube ich.«

»Ich finde, das klingt schön«, stimmte Ramona Fetting zu und die Kollegen, die inzwischen auch herbeigekommen waren, nickten beifällig.

»Nun, dann lassen wir euch jetzt weiterarbeiten, entführen euch aber Inske, damit sie uns alles zeigt.« Josefine zwinkerte Tim Fetting zu. »Und während des Rundgangs überzeuge ich Theda, ebenfalls eine Patenschaft zu übernehmen.«

Theda lachte. »Na, dann denke ich besser schon mal über einen Namen nach.«

Nachwort und Dankeschön

Herzlichen Dank an die Mitarbeiter der Seehundstation Norddeich, allen voran Dr. Peter Lienau, der seine Zustimmung gab, die Station zum Schauplatz eines Verbrechens zu machen, und Tim Fetting, der mir jeden Winkel zeigte, geduldig meine Fragen beantwortete und mich mit spannenden Informationen versorgte, die auch für mich neu und höchst interessant waren.

Natürlich auch ganz lieben Dank an alle Mitarbeiter der Station, deren Namen ich verwenden durfte (in alphabetischer Reihenfolge):

Ida Arends, Bundesfreiwilligendienst
Clainnaid Drumm, Bundesfreiwilligendienst
Ramona Fetting, Tierpflegerin
Tim Fetting, Leitung Tierpflege
Katharina Grupp, Bundesfreiwilligendienst
Beate Konken, Information und Kasse
Dr. Peter Lienau, Stationsleiter/Geschäftsführung
Johanna Römermann, Auszubildende Tierpflegerin
Kerstin Röwekamp, Auszubildende Tierpflegerin
Jaqueline Schaller, Tierpflegerin
Caroline Schittenhelm, Information und Kasse
Walter Schumann, Verwaltung
Jessica Sieben, Bundesfreiwilligendienst

Ich hoffe, Euch gefallen Eure Rollen, auch wenn manche nur sehr klein sind.

Natürlich wurden jedes Wort, das ich dem/der Einzelnen in den Mund legte, und jede Aktion, die ich sie/ihn ausführen ließ, von mir erdacht und entsprang darum reiner Fantasie.

Abschließend noch ein paar Fakten zur Seehundstation:
1971 wurde die Seehundstation auf Initiative der beiden Jäger Winhold Schumann und Erwin Manninga gegründet, da es in den sechziger Jahren durch verschiedene Ursachen zu einem

Rückgang der Seehundpopulation kam. Der erste Heuler mit dem Namen »Jan« wurde am 25. Juni 1971 aufgenommen

1. Juli 1978 – Gründung des Vereins zur Erforschung und Erhaltung des Seehundes e. V.

Am 6. Juni 1980 wurde die neue Station in Norddeich in Betrieb genommen, da die ursprüngliche Station am Schwanenteich für die Fülle der übernommenen Aufgaben nicht ausgelegt war.

Inzwischen werden jährlich circa 250.000 Besucher in der Seehundstation Nationalpark-Haus informiert.

Wer jetzt noch mehr wissen will, dem empfehle ich die Webseite der Seehundstation www.seehundstation-norddeich.de oder natürlich, sobald dies wieder möglich ist, einen Besuch dort.

Last but not least, ein herzliches Dankeschön an alle Leser! Ich hoffe, dass meine Ermittler Euch auch diesmal mitreißen konnten, und freue mich unendlich, dass so viele von Euch Josefine jetzt bereits seit 5 Jahren begleiten!

Herzlichst
Susanne Ptak

Ach ja, es gibt tatsächlich einen Heuler namens »Sir Toby« und er ist mein Patenseehund!

Patenschaftsurkunde

Susanne Ptak

übernimmt die Patenschaft für den Seehund

„Sir Toby“

Fundort: **Dornumersiel** Funddatum: **18.10.2020** Gewicht: **15,3 kg**

SEEHUNDSTATION NATIONALPARK-HAUS
NORDEN-NORDDEICH

Mit Übernahme dieser Patenschaft wird ein wichtiger Beitrag zum Tierschutz geleistet.

Dr. Peter Lienau
Geschäftsführer

Ostfrieslandkrimi-Empfehlungen des Klarant Verlages

Lernen Sie auch die anderen Bücher der spannenden Ostfrieslandkrimi-Serie »Dr. Josefine Brenner ermittelt« kennen.

Eine ehemalige Rechtsmedizinerin löst mysteriöse Mordfälle! Eigentlich lebt Dr. Josefine Brenner gar nicht in Ostfriesland, sondern in Düsseldorf, aber immer wenn sie im hohen Norden ist, zieht sie das Verbrechen wie magisch an. Ob Greetsiel, Wiesmoor, Leer, Pilsum, Ditzum oder Aurich – wo Josefine auftaucht, wird es mörderisch. Die Rechtsmedizinerin im Ruhestand ermittelt auf ihre eigene unorthodoxe Weise, und kommt dabei jedem Täter auf die Spur …

»Mord in Greetsiel«, Band 1
Taschenbuch-ISBN: 978-3-95573-272-1
eBook-ISBN: 978-3-95573-271-4

In Greetsiel geschieht ein Mord nach dem anderen: Erst eine Journalistin, die einer heißen Story auf der Spur war, dann mehrere Pharmavertreter, denen nach dem Mord brutal die Pulsadern aufgeschnitten werden. Treibt ein kranker Serienmörder sein Unwesen in Ostfriesland? Die zuständigen Kriminalbeamten geraten bei den Ermittlungen an ihre Grenzen, doch dann stößt eine Rechtsmedizinerin mit ihren unorthodoxen Ermittlungsmethoden auf den Fall und ermittelt auf eigene Faust. Natürlich missfällt dies dem Mörder – so sehr sogar, dass die tödliche Gefahr nun auch auf die Ermittlerin lauert …

»Mord in Wiesmoor«, Band 2
Taschenbuch-ISBN: 978-3-95573-336-0
eBook-ISBN: 978-3-95573-337-7

»Mord in Leer«, Band 3
Taschenbuch-ISBN: 978-3-95573-449-7
eBook-ISBN: 978-3-95573-450-3

»Mord in Pilsum«, Band 4
Taschenbuch-ISBN: 978-3-95573-540-1
eBook-ISBN: 978-3-95573-539-5

»Mord in Ditzum«, Band 5
Taschenbuch-ISBN: 978-3-95573-662-0
eBook-ISBN: 978-3-95573-661-3

»Mord in Aurich«, Band 6
Taschenbuch-ISBN: 978-3-95573-710-8
eBook-ISBN: 978-3-95573-714-6

»Mord in Emden«, Band 7
Taschenbuch-ISBN: 978-3-95573-822-8
eBook-ISBN: 978-3-95573-823-5

»Mord in Weener«, Band 8
Taschenbuch-ISBN: 978-3-95573-904-1
eBook-ISBN: 978-3-95573-905-8

»Mord in Großefehn«, Band 9
Taschenbuch-ISBN: 978-3-96586-005-6
eBook-ISBN: 978-3-96586-006-3

»Mord in Oldersum«, Band 10
Taschenbuch-ISBN: 978-3-96586-112-1
eBook-ISBN: 978-3-96586-113-8

»Mord in Holtland«, Band 11
Taschenbuch-ISBN: 978-3-96586-215-9
eBook-ISBN: 978-3-96586-216-6

»Mord in Norden«, Band 12
Taschenbuch-ISBN: 978-3-96586-303-3
eBook-ISBN: 978-3-96586-304-0

Alle Ostfrieslandkrimis von Susanne Ptak können unabhängig voneinander gelesen werden.

Klarant Verlag

Lernen Sie die Ostfrieslandkrimi-Titel des Klarant Verlages kennen und besuchen Sie uns im Internet unter:

www.ostfrieslandkrimi.de

und

www.klarant.de

Sie können dort Näheres über unsere Autoren erfahren, viele weitere interessante Bücher und eBooks finden und Leseproben herunterladen. Mit dem kostenlosen Newsletter erhalten Sie aktuelle Informationen rund um das Verlagsprogramm, wie beispielsweise spannende Neuerscheinungen und Gewinnspiele.